REVEIL

La sonnerie du réveil mécanique fait sauter Gérard Lefrançois hors de l'eau douillette du sommeil. Douillette ? Pas tant que ça. Depuis un quart d'heure, ou une demi-heure, il se tournait et se retournait, pas encore réveillé, pas vraiment endormi non plus. Sa main se tend, à la recherche du petit objet rond qui crache l'irritante sonnerie. Elle cesse avant qu'il ait pu l'atteindre. Tant pis, tant mieux. La main de Gérard se rétracte au bout de son bras, rampe sur la surface désertée du drap à côté de lui. Elle est tiède encore, tiède de la présence palpable de Béatrice. Il soupire...

Béatrice n'est plus là, bien sûr. Elle prend son travail de secrétaire à 8 h 30, elle doit quitter la maison à 8 heures. C'est elle qui lui a remonté le réveil pour 8 h 15... et qui a dû le réveiller à moitié en se levant, en s'habillant, d'où cette impression confuse d'une somnolence troublée. Gérard soupire une fois de plus et fait l'effort nécessaire pour se redresser. Dur, dur. Après ça, il faut se lever tout à fait, aller ouvrir les volets (temps gris, avec des promesses mouillées dans l'atmosphère), allumer la radio, aller pisser dans le lavabo de la salle de bains, passer à la cuisine...

A la cuisine, ça commence à aller mieux. Les traces de Béatrice sont bien visibles sur la table, plaque de beurre pas rangée dans le frigo, pot de confiture débouché, baguette de pain entamée. Ce n'est pas qu'elle soit désordre, au contraire elle laisse tout en plan pour lui. Chouette Béatrice ! Gérard craque un bout de croûte, qu'il mastique en faisant chauffer le café qu'elle a préparé pour deux. Elle lui manque, d'un coup. Ce serait bien qu'elle soit là, avec lui, à tourner autour de lui, en nuisette et petite culotte, ou pas de petite culotte du tout. Seulement voilà, leurs horaires matinaux ne concordent pas. Et rarement leurs horaires de soirée. C'est pour ça qu'elle vient de plus en plus souvent dormir avec lui. Ou lui chez elle, parfois. Après trois mois de liaison, est-ce que ça deviendrait vraiment sérieux ?

Gérard se sert un grand bol de café. Il a raté les infos de huit heures, mais c'est le moment de la revue de presse de France Inter, qu'il écoute systématiquement. Finie la détente ? Gorbatchev donne du poing sur la table et interrompt les négociations de... Doit-on prendre à la légère les menaces de l'Irak d'utiliser l'arme atomique dans le conflit qui l'oppose à... Un nouveau Tchernobyl ? L'augmentation de la radioactivité constatée en Grèce et en Turquie... La prétendue épidémie qui sévit en Amérique centrale ne peut en aucun cas être imputée à un incident dans un de nos centres de recherche, affirme le Département d'Etat, qui ajoute...

Le front de Gérard Lefrançois se plisse, son café lui paraît soudain bien amer. Elles sont belles, les nouvelles ! On vit vraiment dans un monde de fous. Et dire que ses copains se foutent de lui quand il affirme ses convictions écologiques... Plus à la mode, combat d'arrière-garde, ose-t-on lui répliquer. Et la guerre atomique, ce n'est plus à la mode ? La destruction, lente ou rapide, de l'environnement, c'est un combat d'arrière-garde ? Pauvres cons !

Gérard finit son petit déjeuner sans aucun plaisir, va

rapidement s'habiller (chemise sport, pantalon de velours, blouson en toile) après s'être passé un négligent coup de rasoir électrique sur le menton. La glace de la salle de bains lui renvoie un visage fripé. La veille au soir, c'est vrai, ils ont pris tout leur temps pour faire l'amour, Béatrice et lui. Plus que jamais il aimerait l'avoir à son côté, maintenant, pour un baiser glouton, une caresse coquine. Béatrice, au moins, c'est la vie, au milieu de ces nouvelles porteuses de mort. Béatrice... Son flot de boucles rousses, ses taches de rousseur, son grand sourire pétillant, son corps potelé partout.

Bon. Il n'est plus temps de traîner, plus le temps de rêver. Boulot, boulot. Gérard sort en claquant la porte derrière lui, cascade au long de ses trois étages, se retrouve sur le trottoir où le père Béranger, qui doit passer ses journées à faire mille allers et retours sur cent mètres entre la place de la Libération et la rue Sarrazine, lui fait un signe de la main. Fantastique, la retraite ! Il en sera où, lui, dans trente ans ? Gérard Lefrançois en a trente-cinq, il est journaliste, mieux que ça même : chef d'agence, oui, monsieur. Mais chef d'agence dans un bourg de moins de quinze mille habitants, avec en tout et pour tout deux pigistes sous ses ordres, et pour un canard régional de la pire espèce, l'espèce Hersant. Et ça fait quatre ans que ça dure, en attendant la promo.

Gérard s'est enfourné dans sa R 5, dont il fait tourner le moteur. Avant de démarrer, il peut lire un gros titre bien noir à la une d'un des journaux (pas celui pour lequel il travaille) affiché à la devanture de la Maison de la Presse, devant laquelle il s'était garé.

GUERRE FROIDE OU GUERRE TIÈDE ?

Il enclenche rageusement la première en faisant craquer la boîte. Il imagine des silos qui s'ouvrent, libérant le museau noir des missiles, il voit des sous-marins nucléaires rôder silencieusement au fond des océans, des milliers, des millions de combattants fanatisés se lancer

rassement et Travaux Publics pense à sa carrière, à ses travaux, et aux bénéfices qu'il espère en tirer.

Un autre couple se dirige vers Saint-Laurent des Dombes. L'homme est jeune, une petite trentaine, il est grand et brun, beau gosse, avec une mèche bouclée à la Superman sur le front, et une fan-tas-tique fossette au menton, dont il est particulièrement fier. Il s'appelle Jérôme Danielli, mais se fait appeler Gary. Il ressemble à Jean-Claude Pascal (celui des années 50) ou alors à Cary Grant (d'où son surnom, car il a toujours cru que c'était *G*ary Grant), celui des années 30, pas celui qui est mort. Gary y est un fana de ciné.

Sa petite amie du moment — disons la dernière en date, quinze jours, mais elle n'a pas totalement effacé de sa vie les deux ou trois précédentes, qu'il garde en réserve de la République — se nomme Véronique. Elle est chômeuse, il l'a draguée dans une boîte, à Bourg-en-Bresse. C'est une belle fille, brune aussi, avec des gros seins et un gros cul, plutôt apathique verticalement, mais bonne horizontalement. Pour l'heure elle porte une robe rouge boutonnée sur le devant, et une veste de laine noire. Ses cheveux en paquets frisés volent dans le vent de la vitesse. Gary tient le volant d'une main et a infiltré l'autre entre les cuisses de Véronique. Elle se laisse faire avec un sourire mollasson plaqué sur ses lèvres pleines. La main joue avec ses boucles intimes, le majeur s'applique à écarter la fente humide.

Gary donne un brusque coup de volant et enfile sa Land Cruiser Toyota, une folie qui lui coûté pas loin de vingt briques, ses économies passées, présentes et futures, dans un chemin de traverse. Il y a autre chose qu'il a eu brusquement envie d'enfiler. Il prend Véronique à bras-le-corps, lui pétrit un sein à travers sa robe, l'embrasse en lui fourrant dans la bouche une langue grosse comme ça. Véronique rit d'un rire de fille chatouillée, ce qu'elle est, en écartant plus largement les cuisses. Mais après quelques trémoussements, Gary abandonne l'assaut.

– J'crois qu'on n'a pas le temps d'aller jusqu'au bout, sinon le patron va m'avoiner, dit-il en s'essuyant la bouche d'un revers de poignet. On continuera après la visite, ça n'en sera que meilleur... O-K?

– Comme tu veux, soupire la fille d'un ton endormi.

Gary hoche la tête et montre les dents sous un sourire protecteur. L'argument du patron n'était que diplomatique. En réalité, il a senti que c'était lui qui n'atteindrait pas le bout. Ils ont fait l'amour jusque tard dans la nuit, et encore une fois au réveil, il n'est quand même pas un surhomme, cette évidence dût-elle lui coûter. Quant à Véronique, de toute façon, baiser ou pas baiser, la finir ou la laisser en plan, elle prend tout de la même façon...

La Toyota noir corbillard reprend la Nationale. Saint-Laurent des Dombes se devine déjà dans la cuvette, avec son éparpillement de maisonnettes résidentielles. Gary oblique à gauche par la D 358, vers la falaise blafarde qui abrite la grotte. Son patron, c'est précisément Germain Ponçon. Et Gary est chef de chantier à la SBTTP. Un boulot qui lui plaît, et qui vaut bien de faire quelques heures supplémentaires ce samedi. La Toyota quitte la départementale et commence à cahoter sur un chemin de terre qui coupe des vignes mal entretenues jusqu'au pied de la falaise. Véronique suit le mouvement et cahote contre son flanc. La voiture dépasse un panneau sur lequel a été peint au goudron le sigle de la société. Le ciel grisaille s'illumine un court instant d'une lueur crue qui vient de l'arrière de la voiture, l'Est. Gary n'y prend pas spécialement garde, ou alors il pense à un éclair, un orage lointain. Il rétrograde, une voiture est déjà garée pas loin de l'entrée de la grotte.

Jean-Charles Boisgonthier est arrivé le premier à l'emplacement du futur chantier. Il a fait en sorte d'être le premier, il était là à 9 heures passées de cinq minutes alors que le rendez-vous avait été fixé à 9 h 30. Il considère que c'est à la fois une politesse et son devoir. En outre cela ne le dérange pas: M. Boisgonthier est un lève-tôt, il lui arrive couramment de faire une heure de marche à travers les vignes, entre 7 et 8, avant de gagner son cabinet. Respirer, s'aérer, faire fonctionner son corps, c'est essentiel pour rester jeune. A son âge, rester jeune est un combat de tous les instants. Jean-Charles Boisgonthier a cinquante-neuf ans et des poussières. De grosses poussières: en fait, il aura soixante ans le mois prochain. Mais il est toujours bien, très bien même. A savoir qu'il se sent toujours bien, et qu'il s'efforce d'en avoir l'apparence.

Il passe sa main aux ongles soigneusement manucurés sur sa joue rose rasée de près et after-shavée Yves Saint-Laurent, la main remonte pour lisser ses cheveux dérangés par un coup de vent intempestif. Ils sont tous là, les cheveux, et c'est heureux. La teinture châtain clair, ce n'est qu'un petit plus, indispensable. Jean-Charles Boisgonthier s'est vêtu d'un costume anglais et d'un loden vert sombre. Il a hésité pour le nœud papillon, mais a préféré au dernier instant la cravate. Impeccable. Il se doit, à lui et aux autres, d'être toujours impeccable. Pour ses clients, à qui il doit inspirer confiance: il est notaire. Pour ses administrés, à qui il doit inspirer plus de confiance encore: il est maire de Saint-Laurent des Dombes, huit cents habitants. Hum... il est maire adjoint, en réalité. Mais tout le monde sait bien que c'est lui qui fait tout, dans la commune, et que le magistrat élu, le gros Sarvant, marchand de cochons, n'est là que pour les chrysanthèmes. Enfin il doit être impeccable pour...

L'adjoint au maire se permet, pour lui-même, un petit sourire triste. Une lueur lointaine allume les collines plombées en face de lui, soulignant leur crête d'une coulée de jus de citron. Un orage ? Le notaire n'a pas le temps de s'appesantir. Une voiture s'engage sur le terre-plein et vient piler devant lui. Une de ces ridicules voitures hautes sur pattes, d'un noir luisant de scarabée. Un grand type en treillis verdâtre, rangers et blouson de laine en saute. Boisgonthier le connaît, c'est Danielli, le chef de chantier de la SBTTP. Il le lorgne en connaisseur. Un beau gosse. Oui, mais il est accompagné par une grosse fille fagotée comme l'as de pique, sa fiancée, sûrement.

Les deux hommes se serrent la main sans chaleur excessive. Boisgonthier trouve que le beau gars aux allures de *latin lover* a la poigne molle. La fille sourit bêtement. Elle a un regard bovin. Si c'est pas malheureux ! pense le petit homme si soigné. Outre son métier de notaire et ses fonctions d'adjoint au maire, Jean-Charles Boisgonthier est aussi homosexuel. Dans la province profonde, cela pose problème.

Les autres participants à la visite arrivent en ordre dispersé. D'abord Germain Ponçon et son épouse, puis Michel Suscillon, l'ingénieur du Centre de retraitement, puis la presse, en la personne maussade de Gérard Lefrançois. Luc Lagardère est bon dernier dans sa 2 CV verte avec le capot et une aile grise, souvenirs d'une récente bignole. C'est un jeune blondinet souriant qui sert de photographe à Lefrançois. Il s'excuse auprès de son chef, prétextant des ennuis mécaniques, comme d'habitude.

— Ça ne fait rien, ça ne fait rien, dit Boisgonthier, à qui personne n'a rien demandé.

— Eh bien, puisque nous sommes au complet, nous pouvons y aller ! lance, martial, Germain Ponçon.

Il a froidement salué son chef de chantier, il est furieux que Gary se soit permis d'amener sa poule, cette fille vulgaire qui n'a rien à faire ici. Il se promet de lui en faire la réflexion plus tard. Lui, sa femme, ce n'est pas pareil, c'est sa femme.

Un vent froid venu des profondeurs du monde balaie le terre-plein, y arrachant des gifles gravillonnées. Un très vague grondement traîne dans l'air, le tonnerre ou un avion à haute altitude. La plaie ronde dans le flanc de la colline avale un à un les visiteurs, qu'accueille un ouvrier à moustaches qui, lui aussi, fait des heures sup. Gérard Lefrançois est le dernier, il pousse devant lui, d'un geste amical, son photographe qui est devenu, au fil des mois, quasiment un copain. Avant de passer le porche rocheux, il se retourne, lève machinalement les yeux vers le ciel. Au-dessus du bec surplombant de la falaise, une étincelle pâle glisse contre les nuages. Le journaliste cligne des paupières. La tache blanche a déjà disparu.

Ce n'était peut-être rien du tout.

AU FOND

– Je vous rappelle en deux mots la configuration des lieux, dit Germain Ponçon en tirant sur sa cigarette, la dixième de la matinée, facile. Nous sommes ici à l'emplacement d'anciennes mines de sel. Mais elles ont été abandonnées il y a des années. En fait, depuis la fin du XIXe siècle, je crois... Les galeries à ce niveau ont été comblées ou se sont effondrées. Mais il reste plusieurs grandes salles comme celle-là, qui ont servi à tout et à n'importe quoi depuis... Il paraît même que, pendant la guerre, les Allemands s'en étaient servis pour camoufler des véhicules blindés ! Mais bref, ce n'est pas de ça que je veux vous parler...

Il toussote, se gratte le cuir juste sous le rebord de son chapeau. Le patron de la SBTTP a rassemblé ses invités au milieu d'une vaste caverne au plafond et aux parois étayés par de douteux assemblages de traverses en bois pourrissant. Heureusement des étançons métalliques semblent avoir été rajoutés à une époque plus récente, nettement après le déluge, pour éviter que le total ne se casse la gueule dans une prévisible catastrophe géologique. Quelques ampoules nues pendent de ce plafond incertain, répandant une clarté huileuse sur l'assemblée composite. En plus de huit visiteurs et du premier ouvrier moustachu, deux autres ouvriers sont présents, sans moustache, mais pareillement en combinaison bleue, avec un casque en plastique jaune sur le crâne. Encore deux qui font des heures sup, merci patron. C'est en tout cas ce que pense Gérard Lefrançois, qui ne décolère pas et ne s'est même pas donné la peine de sortir son bic et son calepin pour faire semblant de prendre des notes. De toute façon, il sait bien qu'il ne pourra pas écrire ce qu'il voudrait dans les pages régionales de son canard boiteux. Bon, il dit quoi, le P.-D.G. ?

— Ce qu'il y a d'intéressant c'est que, bien en dessous des travaux de percement de l'ancienne mine, on trouve tout un réseau de puits et de grottes naturelles... Le sous-sol de cette colline présente diverses couches de sédimentation, calcaire, marnes argileuses, etc. Mais je ne vais pas vous faire un cours de géologie ! Ce qui est important dans l'affaire, c'est que nous avons sous nos pieds des avens qui plongent, de l'avis des spéléologues qui ont fait une première estimation, jusqu'à plus de mille mètres en profondeur. Vous voyez naturellement l'intérêt.

Des mouvements divers au sein de l'assistance, murmures, raclements de semelles, hochements de menton, témoignent plutôt faiblement de cet intérêt. C'est le moment que choisit Michel Suscillon pour intervenir. L'ingénieur du Centre de retraitement de la CODEREM est un jeune type à lunettes, il porte une veste sport et un pull à col roulé, il un visage ouvert et sympathique. Gérard Lefrançois l'a rencontré plusieurs fois à cause des papiers rassurants que, la rage au cœur, il a dû faire sur le fonctionnement de la CODEREM. Ils ont même eu, à cette occasion, une discussion privée et animée sur le danger nucléaire et les normes de sécurité, qui n'avait convaincu aucun des deux adversaires, comme il se doit.

— Vous savez naturellement, dit l'ingénieur en se tournant délibérément vers Lefrançois, que la politique actuelle en matière de conservation des résidus de haute activité du combustible nucléaire, est d'enfouir ces matériaux, préalablement recueillis dans des fûts inaltérables, dans des sites géologiques choisis selon trois facteurs principaux : la stabilité sismique de la région, leur grande profondeur, et l'absence d'infiltrations. C'est...

L'ingénieur s'interrompt sur une grimace et un clignement des paupières, le photographe a choisi cet instant pour faire fonctionner son flash. Il a dit « résidus de haute activité », pense Gérard Lefrançois en ricanant intérieurement, ou pas si intérieurement que ça... Evidemment, « déchets », ça sonne moins bien. Son regard croise celui du maire adjoint de Saint-Laurent, un type très vieille France, tiré à quatre épingles. Le bonhomme sourit. Lefrançois n'a pas envie de lui rendre ce sourire de politesse diplomatique.

— Je disais que les grottes situées sous cette ancienne mine répondent parfaitement à ces trois critères de sécurité, continue l'ingénieur. C'est pourquoi le site a été choisi, avec l'accord des différentes parties, et que les travaux d'aménagement vont débuter incessamment.

— Travaux dont j'ai l'honneur de, comme vous le savez... s'emmêle Ponçon. Hum... que ma société est chargée d'assurer, donc.

— C'est cela même, fait Jean-Charles Boisgonthier de sa voix douce et mesurée. La commune de Saint-Laurent des Dombes, que je représente ici et sur le territoire de laquelle les mines de Chantournes, puisque c'est le nom du lieu-dit, sont situées, en a négocié l'achat avec le ministère de l'Industrie, représenté par la société CODEREM. Cet achat n'a été effectué, je dois le préciser, qu'après une enquête d'utilité publique conclue dans les meilleurs délais possibles...

« Poil au... » ajoute intérieurement le journaliste. Mais son commentaire tourne court, il ne trouve pas de rime en ible. Au chibre, ça ne rime pas vraiment.

— Je crois que l'essentiel a été dit, reprend Germain Ponçon en tassant le mégot de sa cigarette sous son talon. Mais puisque nous sommes ici pour visiter les lieux, je vous demanderai de bien vouloir me suivre.

D'un geste large large, il indique l'ouverture d'une galerie. De l'autre main, il empoigne le bras de sa blonde et assez mignonne épouse, qui s'ennuie avec tact. On le suit mollement. C'est parti, mon kiki.

La galerie est courte. Elle s'élargit vite en une caverne, toujours éclairée par des ampoules pisseuses et étayée par des traverses antédiluviennes. Au centre de la caverne s'ouvre un puits de ruissellement ancien, un aven en terme savant. Il est surmonté d'un chevalement, d'où pend une simple plate-forme en bois ceinturée par une rambarde métallique. Les trois ouvriers, le moustachu et les deux autres, ont suivi le mouvement. L'un d'eux enclenche le moteur électrique du treuil, qui se met à ronronner paisiblement.

— En route ! fait, jovial, Germain Ponçon en prenant pied le premier sur la plate-forme, qui oscille dangereusement.

— Nous n'allons tout de même pas descendre jusqu'à mille mètres ? hasarde l'épouse.

— Mais non, voyons, ma chérie ! lance l'époux à la cantonade. Pas plus de trois cents mètres, juste pour que ces messieurs puissent se rendre compte. D'ailleurs, c'est très beau. Et nous ne risquons absolument rien. Cette benne a naturellement été installée par les soins de mon entreprise, et l'équipe de ce brave Cuccioli veille sur nous. D'autre part une ligne téléphonique directe joint le point moins 300 à la surface.

Rassurée, la cantonade se serre sur la plate-forme du monte-charge.

— Envoyez, Cuccioli ! clame le P.-D.G. en s'allumant une nouvelle Chesterfield.

Le moteur du treuil chante en aigu, le câble chuinte, la poulie grince, la cabine commence à chuter avec une rassurante poussivité et disparaît dans la cavité. La descente est lente, longue, monotone. Dessinées sur la paroi par l'unique lampe accrochée à l'un des côtés de la plate-forme, des ombres bizarres y glissent, difformes, bossues, cornues. Gérard Lefrançois les suit d'un œil vague, il repense tout d'un coup à l'éclair lumineux aperçu à l'instant où il franchissait l'entrée de la mine. La foudre? Un avion? Un O.V.N.I.? Haha! un O.V.N.I.... Des hauteurs tombe un morceau de musique disco, un des ouvriers a dû allumer un transistor. Germain Ponçon a un mouvement nerveux, peut-être à cause de cette musique inopinée, ou plus sûrement parce que la fille aux gros nibars amenée par Gary appuie ses deux rotondités dans son dos, il les sent nettement. Et le pire, c'est que cette pression causée par la seule promiscuité lui envoie des fourmis dans le bas-ventre. Pour un peu il se mettrait à bander. Connasse! Il rue comme un forcené, ou presque, pour échapper aux molles ventouses dans son dos. Il en marche sur un pied anonyme. Il ne s'excuse pas. Il bande vraiment, maintenant, mais heureusement ça ne se voit pas.

— Vous remarquerez, grogne-t-il pour dire quelque chose, que nous abandonnons la marne pour pénétrer dans le calcaire, d'où la couleur bien plus claire de...

Gérard Lefrançois se fout du calcaire. Il a réussi à se placer à côté du magistrat, qui lui envoie les effluves de son eau de toilette, du jasmin, du chèvre feuille, ou une plante encore plus exotique, dont l'élégant petit bonhomme a usé sans parcimonie.

— Si je peux me permettre, monsieur le maire, attaque à mi-voix le journaliste en s'efforçant à l'amabilité, vous pensez que c'est bon pour votre commune, cette opération déchets?

— Plaît-il ? fait Boisgonthier en clignant ses jolis yeux bleus dont l'âge n'a pas terni le pétillement.

— Oui : d'un côté le Centre de retraitement, de l'autre la caverne d'Ali Baba, avec un drôle de trésor dedans... Le plutonium, par exemple. Vous êtes au courant, bien entendu, qu'il a une période de près de 30 000 ans ?

— Ecoutez, monsieur Lefrançois, proteste l'ingénieur Suscillon qui a tout entendu. Ne faites pas de la désinformation systématique. Le plutonium a une période de 24 000 ans. D'autre part, la fiabilité des conteneurs...

Il n'en dit pas plus car, malgré la vitesse d'escargot de la benne, celle-ci vient de toucher le fond du puits. Les visiteurs se désenclavent les uns des autres pour mettre le pied sur le sol de la caverne. Elle aussi est éclairée, mais dans un court rayon seulement, par des lampes fixées au rocher. Elle est beaucoup plus vaste que la caverne du dessus, plus mystérieuse. Elle ressemble à une vraie caverne de carte postale ou de cinéma, avec des stalagmites qui pendent et des stalactites qui montent à leur rencontre, ou l'inverse.

— On se croirait dans un film, pas vrai ? lance Gary qui est resté bien longtemps silencieux. Comme dans *Voyage au centre de la Terre*, vous l'avez vu ? Il est passé à la télé y a pas si longtemps, avec James Mason...

Mais personne ne lui répond particulièrement. Personne ne lui répond, parce qu'à ce moment-là un sourd grondement enfle dans la caverne, passe sur les visiteurs, s'infiltre dans leur tympan, réveille des échos lointains dans les recoins obscurs. Les lampes clignotent, manquent de s'éteindre, repartent. Sous les talons de Gérard Lefrançois, qui a été le dernier à quitter le monte-charge, le plancher a tremblé. Quelque part dans la caverne, une pierre qui s'est détachée du plafond s'écrase sur le sol avec un bruit mat. Puis le bruit reflue, se perd, s'éteint. Il n'y a plus rien. Plus rien que des regards interrogateurs qui se cherchent, avec une lueur de peur au fond des prunelles.

— Waouh ! Qu'est-ce qui s'est passé ? Un tremblement de terre ? lance Luc Lagardère en brandissant son appareil photo comme s'il était à l'affût d'un cliché digne d'un envoyé de *Paris-Match* qui se serait trouvé à Naples en 1980.

— Mais non, voyons, vous êtes fou ! réplique Germain Ponçon. C'est seulement... c'est seulement...

Comme il ne sait pas ce que c'est seulement, il va décrocher le téléphone placé sur l'un des montants qui s'enfonce dans l'aven.

— Allô, Cuccioli ? Allô, allô, allô ! Cuccioli ? Où êtes-vous, Cuccioli, répondez-moi, bon Dieu !

Le patron s'énerve, les spéléologues amateurs referment le cercle autour de lui, leur visage reflétant bien leurs sentiments, inquiétude pour Mme Ponçon, agacement pour Gary, ironie pour Lagardère et autres manifestations de la psychologie humaine à travers ces mimiques faciales qu'un Desmond Morris a si bien étudiées. Lorsque Ponçon a enfin son correspondant à l'autre bout du fil, trois cents mètres au-dessus de sa tête, et qu'il se met à la hocher en écoutant, les faces se modèlent en une unique mimique d'attention. Sauf celle de Lefrançois, qui a décidé une bonne fois pour toutes de s'en foutre.

S'en foutre ? Quand même... Il ne pense peut-être plus à la lueur bizarre dans le ciel, mais tous les titres inquiétants dans les journaux, toutes les annonces à la radio lui remontent en mémoire. Et quand le P.-D.G. raccroche le combiné avec de la perplexité mal camouflée dans l'ombre de son chapeau, le journaliste ne peut faire autrement que tendre l'oreille.

— Et bien... commence Germain Ponçon, mes hommes ne savent pas exactement à quoi s'en tenir. Ils sont allés voir à l'extérieur. Ils ont aperçu une grande lueur, paraît-il. Un orage soudain, je pense, dont nous avons eu les échos. Mais un tremblement de terre, sûrement pas, nous n'avons aucun souci à nous faire...

— Vous êtes sûr, monsieur Ponçon ? attaque Gérard Lefrançois. Moi, j'ai nettement senti le sol trembler sous mes pieds. Pour un site absolument sûr sismiquement (il se tourne vers Suscillon), j'aimerais bien avoir l'avis de Haroun Tazieff !

— Tazieff, vous savez, il n'a quand même pas la science infuse, réplique le P.-D.G. en tirant les dernières bouffées de sa Chesterfield. Et puis je vous rappelle que nous ne sommes pas là pour faire de la philosophie de l'environnement. Seulement pour voir les lieux. Grandioses, non ? Et en tout cas, pas la plus petite humidité. Il y a des siècles, je veux dire des millénaires, que les eaux de ruissellement se sont taries. Et aucune nappe phréatique, bien entendu. Donc...

— Bon, ben on va faire quelques photos, si ça ne vous dérange pas. Mesdames, messieurs, si vous voulez bien vous avancer par là... Oui, là, devant ce grand... machin. Ça sera très bien.

Le jeune photographe fait manœuvrer ses troupes qu'il place autour d'une stalagmite décorée comme un pilier de cathédrale gothique. Deux ou trois flashes fusent, plaquant des ombres fugaces sur le calcaire. Lefrançois sent une colonne de fourmis pleines de pattes tricotantes monter le long de sa colonne vertébrale, ou en descendre. Ces ombres au goudron, si vite disparues, lui ont rappelé les silhouettes d'Hiroshima, dessinées à jamais sur les murs par l'éclair de la bombe. Une grande lueur... a dit le fumeur au chapeau. Mais qu'est-ce que j'ai à déconner comme ça ? pense-t-il. Dans deux heures, je retrouve Béatrice et on se paye un bon gueuleton chez

Charvant, ce sera pas du luxe. Son regard croise celui de Mme Ponçon, qui a toujours l'air de ne pas savoir ce qu'elle fait dans ce trou. Elle lui sourit timidement, et il ne peut faire autrement que de lui rendre ce sourire. Une petite bonne femme, la quarantaine bien conservée, oui, pas si mal que ça, trop bien même pour son connard de mari...

Lefrançois se tourne vers Lagardère, l'interroge d'un haussement de sourcils. Le photographe lève un pouce, il a assuré. Les photos faites, d'ailleurs, tout le monde piétine sur la place. Les grottes, ça va bien un moment, mais, plus longtemps, l'eau de boudin épaissirait sérieusement. Un ange passe, ou seulement une chauve-souris des profondeurs. C'est cet instant que choisit le téléphone pour se mettre à grelotter. La plupart des visiteurs ont sursauté, même Ponçon qui s'est figé et regarde de loin l'appareil fixé à son mât, et qui envoie dans la caverne ses rafales stridentes.

Il va décrocher, oui ou merde? Les yeux de Gérard Lefrançois croisent encore le regard de Mme Ponçon et du maire adjoint, presque du même bleu limpide. Le téléphone sonne, le P.-D.G. se décide et parcourt à pas rapides la dizaine de mètres qui le séparent de l'appareil. Il décroche, il en a oublié d'allumer avec son briquet plaqué or sa nouvelle blonde qui pendouille à l'angle de ses lèvres.

Ceux et celles qui, malgré eux, ne quittent le patron ni de l'œil ni de l'oreille, le voient brusquement tourner le dos et entendent quelques mots étouffés dont ils ne saisissent pas le sens. La main libre du P.-D.G. volette, doigts écartés, paume ouverte vers le haut. On se rapproche. Cette fois on commence à comprendre.

— Mais qu'est-ce que c'est que ces histoires?... Ce n'est pas possible, enfin!... Je... Ils disent quoi?...

Hein ?... Mais approchez votre radio, merde, que je puisse... Allô ? Allô ?

Les visiteurs font une fois de plus cercle autour du patron. Il a dû sentir ces présences insistantes, inquiètes, il refait face. Il semble tout pâle, ou ce n'est qu'une impression : avec la mauvaise lumière, tout le monde a une figure de déterré, ou plutôt d'enterré, ce qu'ils sont. Allô ?... Allô ?... continue de balbutier l'homme, dont la cigarette mâchouillée pend maintenant verticalement contre son menton.

— Dites, vous pouvez nous dire ce qui se passe ? clame Gary de sa voix sonore.

Germain Ponçon, les yeux égarés et la bouche molle, écarte de quelques centimètres le combiné de son oreille au pavillon poilu. Il a du mal à avaler sa salive. Brutal, le sentiment de la catastrophe s'abat sur Gérard Lefrançois. Les premiers mots du P.-D.G. confirment ses pressentiments.

— Ils viennent de me dire... Ils ont entendu à la radio... Il y aurait eu une explosion atomique... Il paraît que c'est la guerre.

ATTENTE

Pendant quelques secondes, c'est la stupeur muette. Les mots ont du mal à passer, à s'infiltrer dans les esprits, à y acquérir leur terrible signification. Et puis les questions fusent, ou même pas des questions, seulement des exclamations stupéfiées, incrédules, indignées. Ce n'est pas possible, c'est des conneries — on ne peut pas leur faire ça, pas à eux... pas à *nous*!

— Fermez vos gueules! hurle Gary en bousculant ce qui fait rempart entre sa grande carcasse et son patron.

Il tente de lui arracher le combiné, mais Ponçon se tasse contre le pilier, l'écouteur à nouveau vissé à l'oreille. Là-haut, on lui parle.

— Je vous en prie... mesdames... messieurs... restons calmes, voyons, dit inutilement Boisgonthier.

— Ecoutez... souffle Ponçon d'une voix plus que blanche, incolore, en tournant l'écouteur vers le groupe.

Dans l'écouteur, ça grésille. Cuccioli a dû plaquer son téléphone contre le diffuseur de son transistor. Au milieu des grésillements, une voix pressée se fait entendre.

— Selon les informations fragmentaires qui nous parviennent, il semblerait... ceci étant naturellement au conditionnel... que plusieurs impacts aient été enregistrés sur le territoire... On a même parlé de plusieurs dizaines d'impacts... Mais il est impossible de savoir pour l'instant avec précision quelles villes ou quelles régions ont été touchées... Attendez! Nous recevons à l'instant... Oui?... Comment? J'entends mal... Ah?... Une autre information à mettre au conditionnel: on parle maintenant des centrales nucléaires, oui, d'explosions dans au moins certaines centrales, comme Cruas et Creys-Malville... Se pourrait-il alors qu'il n'y ait pas eu véritablement d'actes de guerre comme on l'a cru en ces premières minutes de... Mais d'une série de... Al... Oui? Oui?

La voix s'éloigne, le reporter doit parler hors antenne. Les parasites crépitent, toutes les têtes sont collées les unes aux autres près de l'écouteur. Mais il ne diffuse plus rien. Si, d'autres voix à la limite de l'audible, celle des ouvriers de l'équipe, là-haut, près de la surface, des voix qui ne se décident pas à se rapprocher de toutes ces oreilles, des voix qui s'éteignent inexorablement, des voix que personne ne parvient plus à rattraper, même pas Germain Ponçon qui s'égosille.

— Cuccioli! Cuccioli! Répondez, voyons! Cuccioli! Qu'est-ce que vous foutez? Cuccioli! Répondez, merde! Cuccioli? Allô? Allô?

Le patron d'entreprise fait un geste qui exprime à la fois son angoisse et sa rage. Gary tape du pied, tandis que ses lèvres modèlent un juron inaudible et que sa Véronique s'accroche à son bras. Jean-Charles Boisgonthier rectifie une mèche sur sa tempe, Mme Ponçon a croisé ses mains sur sa poitrine menue, les deux journalistes se regardent dans les yeux; ils pensent peut-être qu'ils viennent de plonger dans l'événement majeur qui peut décider de leur carrière, mais qu'ils ne peuvent rien faire, seulement essayer de garder la tête hors de l'eau.

— Cuccioli! Allô, allô! Cuccioli! s'obstine Germain Ponçon.

Mais sa voix baisse d'intensité, ses « Cuccioli » ! et ses « allô » finissent sur des murmures. Il y a longtemps qu'il sent, qu'il sait que Cuccioli n'est plus à l'autre bout du fil. Cuccioli s'est sauvé, il s'est barré avec ses deux ouvriers, il est allé plonger la tête la première dans la fin du monde, là-bas hors de la grotte, là-bas à trois cents mètres au-dessus des profondeurs... Et ceux qui sont pendus aux lèvres de Ponçon le savent aussi bien que lui.

— Allô... fait encore le P.-D.G., mais si doucement que les deux syllabes meurent dans la tombe mouillée de sa bouche.

Il n'a plus qu'à laisser le combiné pendre au bout de son fil et se balancer un peu, à gauche, à droite, à gauche, à droite. Celui d'en haut fait sûrement pareil.

Germain Ponçon enlève son chapeau. Il a le front luisant. On découvre sa calvitie, qui le vieillit, lui donne un air encore plus égaré, pitoyable.

— Ils nous ont laissé tomber... ils nous ont laissé tomber, ces salopards... halète-t-il en sortant un mouchoir de sa poche et en n'arrêtant plus d'éponger son crâne.

— Bon... la situation est grave mais, après tout, nous ne savons pas exactement ce qui est arrivé, n'est-ce pas ? tente le maire adjoint. Ces informations paraissaient très incertaines. Il faut aller nous rendre compte par nous-mêmes. Nous nous faisons peut-être des idées sur ce qui a pu se passer. Allons... remontons !

Il a pris place sur la plate-forme. Il tend la main vers Germain Ponçon. Le patron de la SBTTP le regarde avec une drôle de lueur dans les yeux. Il continue de s'éponger le front. Il ne répond rien. C'est Gary qui le fait à sa place.

— Y a un petit détail qui cloche, dans votre plan. La benne, c'est de là-haut qu'elle se manœuvre. Si Cuccioli et les autres se sont tirés, nous, on est coincés ici.

Véronique Jeandrot s'est mise à pleurer. Ou plutôt à hoqueter en silence, les bras croisés sous ses gros seins que ses épaules tressautantes projettent de manière bandante contre la toile tendue de sa robe rouge. Mais personne n'a envie de bander, ni son amant qui marche de long en large en mâchant du chewing-gum (ça lui arrive), ni Germain Ponçon dont les précédents émois se sont transformés en glaçons dans toute sa moelle, et qui n'a rien su répondre à sa femme quand elle lui a dit :

— C'est vraiment une riche idée de ta part de m'avoir emmenée. Je te remercie...

Elle a parlé à voix basse, mais tout le monde a entendu. A cause des échos qui jouent à la balle avec le moindre murmure, tout le monde entend tout, les hoquets sec de Véronique, les « putain de putain » que Gary mâchonne en même temps que son chewing-gum, la discussion peu amène que poursuivent Gérard Lefrançois et Michel Suscillon. C'est bien sûr le journaliste qui a attaqué.

— Ben voilà... On y est jusqu'au cou, monsieur l'ingénieur. L'atome, c'est vraiment une belle invention...

— Vous croyez que c'est le moment d'entamer le débat ? Sincèrement ? D'abord, M. Boisgonthier a raison, personne ici ne peut savoir ce qui s'est passé exactement. Ensuite, il ne faut pas confondre l'atome civil et l'atome militaire...

— Ça, mon vieux, c'est un argument que j'entends depuis vingt ans. On sait bien que c'est le plutonium fabriqué dans les centrales civiles qui alimente les bombes des militaires...

— L'argument, justement, est un peu court...

— Et puis qu'est-ce qu'ils ont dit, à la radio ? Des centrales ont explosé, non ? Creys-Malville et son surgénérateur !

— Ecoutez, il faut choisir ! C'est l'atome pacifique, ou l'atome militaire, que vous accusez ?

— Les deux, précisément. C'est à cause des deux que nous sommes ici. Et si ça se trouve, nous allons y rester !

— Messieurs... je vous en prie. Vous pensez que c'est le moment pour une discussion de ce genre ? Il y a des dames, ici, dont les nerfs ont été mis à rude épreuve. Il est nécessaire que tout le monde garde son sang-froid. Ce n'est naturellement pas la magistrat communal qui parle, seulement l'homme, le citoyen...

L'intervention de Boisgonthier coupe la chique au journaliste. Il contemple le petit bonhomme avec autant d'ahurissement qu'une poule qui a trouvé un rasoir électrique. Les nerfs à « rude épreuve », le « sang-froid à garder », le magistrat, l'homme et le citoyen, tout ça dans le même caleçon. Bon Dieu ! tous ces clichés ! C'est la fin du monde, c'est l'Apocalypse, et voilà que ce tocard parfumé comme une « dame » ne trouve rien de mieux que tartiner des clichés à la pelle. Lefrançois est sur le point de ricaner ouvertement, et puis au dernier moment quelque chose, il ne sait quoi, le retient. Il veut bien faire, ce type, après tout. Et en plus, il a raison. Est-ce que c'est le moment de s'engueuler ?

Le journaliste secoue la tête et s'excuse tout bas. Suscillon approuve. Eliane Ponçon en a profité pour s'approcher du trio. Elle tripote une de ses boucles d'oreille.

— Ce n'est de la faute à personne, vous savez, fait-elle d'une voix que le journaliste n'aurait pas imaginée si posée. Ou alors c'est la faute à tout le monde... Je veux dire : tous les humains. Alors...

Elle hausse les épaules, un mouvement charmant, qu'elle doit avoir dans les salons où l'on cause. Gérard Lefrançois a été surpris de sa réflexion. La faute aux humains. Est-ce que cette petite bourgeoise en aurait un peu plus dans la tête qu'il n'y paraîtrait ? Mais c'est le maire adjoint qui lui vole la parole qu'il était peut-être prêt à reprendre.

— Vous avez tout à fait raison, madame Ponçon. Il faut garder notre calme. Et puis, pensez à une chose... Si votre mari ne vous avait pas emmenée avec lui, vous seriez sans doute morte, à l'heure qu'il est. Je veux dire...

Le petit homme parfumé se tait, incertain, pensant probablement qu'il est allé trop loin, que ce mot terrible, morte, n'aurait pas dû sortir de ses lèvres. Morte. C'est qu'il a résonné loin dans la caverne, ce mot. C'est qu'il a pénétré dans toutes oreilles, dans tous les esprits. Et combien de fantômes n'a-t-il pas fait lever ? Le mot a figé les hoquets de Véronique, stoppé les pas nerveux de Gary. Et le silence s'installe dans la caverne.

Ils sont tous assis, par deux, chacun ayant cru trouver dans la proximité d'un de ses semblables un peu de réconfort. Mais les couples ainsi formés, bizarrement ou pas, ne sont pas ceux que la logique aurait réclamés. Germain Ponçon est à côté de Gary, ils sont presque dos à dos, contre un pilier que le ruissellement figé du calcaire fait ressembler à une bougie qui n'en finirait plus de couler. Le P.-D.G. fume une cigarette sur l'autre, il a remis son feutre, a fermé jusqu'au menton son blouson de cuir. Il ne fait pas chaud, là-dedans. Gary a cessé de mâcher, il se ronge les ongles et se gratte le nez, il a tout à fait l'air d'un acteur de cinéma, précisément d'un comédien style actor's studio, qui en fait des tonnes pour bien montrer son angoisse.

La femme du P.-D.G. s'est assise contre une paroi, après avoir pris la précaution d'étaler son imper sous ses petites fesses. Elle est blême sous ses fards, elle paraît avoir sacrément froid. C'est Véronique qui s'est installée près d'elle, tout près, les deux femmes ensemble, solidarité du sexe dit faible. Véronique aussi s'est mise à fumer, des Pall Mall à filtre, dont elle ne tire qu'une bouffée lasse de temps à autre. Le petit magistrat est en face d'eux contre un bec monolithique, un os de seiche grand comme une proue de navire. Lui s'est collé avec Luc Lagardère. Il lui parle par phrases brèves, à l'oreille, des phrases qui ne se répandent dans la caverne que sous la taie d'un chuchotis suintant. Lagardère ne répond rien, parfois sa bouche aux dents irrégulières bâille sur un sourire sarcastique.

Mais le comble de ces îlotages humains, c'est bien sûr Gérard Lefrançois. Parce que l'atomiste, le nucléocrate, l'ineffable Suscillon, s'est coincé à côté de lui ! Il ne manquait plus que ça. Et lui aussi a commencé à fumer. Des gauloises toutes connes. Trois fumeurs sur huit, c'est sûrement moins que la moyenne nationale, quand même. Suscillon tire sur sa tige, l'odeur monte, chatouille les narines de Lefrançois, agréablement. Agréablement ? Ben oui : pour un peu il se mettrait à saliver, à réclamer sa part. Quand il était plus jeune il fumait, mais ses convictions écolos, aidées par la peur du cancer, l'ont fait cesser, grâce à l'acupuncture.

– Tu en veux une ? murmure l'ingénieur.

Lefrançois sursaute. L'autre l'a pris en traître. Il a failli répondre oui, sans réfléchir. Il s'est retenu à temps. En plus, Suscillon s'est permis de le tutoyer. Ils n'ont pas gardé les neutrons ensemble, à ce qu'il sait ! Il a envie de le rembarrer. Mais, dans la pauvre lumière de soufre, le visage de l'ingénieur est neutre, amical même. Il sourit, les verres de ses lunettes reflètent en double la lune jaune de l'ampoule la plus proche. Le journaliste se contente de soupirer.

– Laisse tomber... J'ai arrêté depuis des années, j'aime mieux pas recommencer.

– Oui, je comprends. Ça me fait penser à l'histoire du condamné à mort qui refuse son verre de rhum parce qu'il craint la cirrhose...

— Tu te crois drôle? jette Lefrançois tout haut.

Mais il ne peut s'empêcher de sourire à son tour. Pourtant l'ébauche de conversation cesse, par épuisement réciproque des deux combattants. C'est la voix de Gary qui, un peu plus tard, rompt le silence.

— J'vais pisser, moi!

Personne ne bronche à l'énoncé de cette information vitale, mais personne non plus ne peut se retenir de suivre des yeux la haute silhouette en battle-dress qui s'éloigne dans la forêt de stalagmites. Personne ne peut s'empêcher d'écouter attentivement le bruit de rigole, au loin dans l'ombre.

— J'y vais aussi... fait Boisgonthier avec un petit rire contrit, alors que Gary est de retour, jouant avec ses fermetures Eclair. Cette sacrée vessie, vous savez, ajoute-t-il dans la maussaderie générale.

Glou-glou-glou, le petit homme.

Ensuite c'est le tour de Véronique, qui se lève sans rien dire. Elle ne va pas loin, le bruit du jet sur le sol calcaire est très perceptible. Gérard Lefrançois imagine la grosse fille accroupie, la robe rouge relevée sur les fesses, la culotte tirée à mi-cuisses, la cascade jaune perlant sous la motte sûrement touffue. Il imagine, mais ça ne lui fait aucun effet particulier, il n'a pas la tête à ça, pas à autre chose surtout. Véronique revient, les yeux baissés. Les ampoules clignotent toutes en même temps, des regards anxieux se tournent vers les piteuses étoiles de verre qui ont repris leur densité normale. Véronique s'est rassise, Eliane Ponçon lui chuchote une phrase brève à l'oreille. En même temps elle lance un long regard à son mari, mais lui ne la regarde pas, lui, il fume. Elle se lève, elle marche dignement vers le fond de la grotte, en regardant encore le P.-D.G., toujours absent derrière son rideau de fumée.

— C'est comme à l'armée, tous les uns après les autres! souffle Suscillon, décidément en grande forme pour la bulle.

Les lampes clignotent encore. Lagardère lance un « Hooo! » agacé. Mme Ponçon a disparu derrière les colonnes. Cette fois les ampoules ne reprennent pas leur intensité habituelle, elles restent orangées, assourdies. Les sept prisonniers de la caverne les fixent de toutes leurs prunelles, comme s'ils imaginaient pouvoir retenir de leur seul regard cette lumière qui fout le camp. Parce qu'elle fout le camp: les ampoules tressautent, charbonnent, rougissent, s'assombrissent. Un dernier clignotement, et elles s'éteignent, toutes ensemble.

Un cri retentit quelque part, démultiplié par les échos. Eliane Ponçon, isolée par la nuit.

Le cri s'étouffe sur un hoquet. C'est le noir. C'est la nuit.

Ici, là, des allumettes flamboient, les fumeurs. Dans les cercles fluctuants des briquets et des allumettes, de hagardes têtes rouges surgissent de l'obscurité, comme détachées de leur corps, puis retournent au néant quand une flamme d'allumette a atteint un index.

— Je suis perdue... Au secours! calme Eliane Ponçon.

— Mais non, mais non! Vous devez bien voir nos lumières... chevrote vaillamment le maire adjoint.

Elle doit finir par les apercevoir car elle ne tarde pas à débouler à pas de souris, trébuchant sur ses talons trop hauts. Gérard Lefrançois la voit courir vers son mari, hésiter, ralentir, s'immobiliser tête basse à quelques mètres du P.-D.G. qui lui tourne carrément le dos. Un gentil petit couple, pense le journaliste qui dit tout haut:

— On peut savoir ce qui nous arrive encore, cette fois?

— Le groupe électrogène... se décide à répondre Ponçon. Il fonctionne au fuel, naturellement! Et comme ces salopards ont foutu le camp, le moteur n'est plus alimenté...

— Ça veut dire qu'on va rester dans le noir? fait une toute petite voix, celle de Véronique.

Dans un flamboiement furtif, son visage de belle fille sans problème paraît décomposé. Les autres la voient s'accrocher au bras de son mec, dont la bouche tombe vilainement.

— Nous avons du feu... tente Boisgonthier. Il faut...

— Il faut le ménager, coupe Suscillon. Nous possédons quoi? Deux ou trois briquets, deux ou trois boîtes d'allumettes. Ça ne va pas durer éternellement...

Comme pour le contredire, le chef de chantier fait fuser de son briquet à gaz une longue flamme violette. Il regarde l'ingénieur méchamment, la lippe plissée. Véronique est collée contre lui des pieds à la tête, à croire qu'elle voudrait mêler ses atomes à ceux de Gary.

— Et nous, on va durer éternellement?

Personne ne relève la réflexion. Gary hausse les épaules, finit par lâcher la molette du briquet, qui ravale sa flamme. L'obscurité retombe, percée par deux minuscules points rouges, les cigarettes que fument Ponçon et Suscillon. Gérard Lefrançois a quand même eu le temps de regarder sa montre avant que la dernière flamme ne s'étouffe. Midi, presque juste. Incroyable! Ça fait pas plus de deux heures qu'ils marinent dans ce trou. Pas plus de deux heures, et il lui semble qu'il y a déjà des jours qu'ils sont au fond. Ou des siècles. Des siècles? Eternellement, ont prononcé Suscillon et Gary. Mais l'éternité sera courte, pour eux. Quelques jours, et puis la soif, ou la folie... Le journaliste se secoue, au moins mentalement. Allons! Il ne s'agit pas de paniquer. D'ailleurs il lui semble qu'il ne fait plus si sombre, dans cette foutue grotte. Pourtant personne n'a rallumé un éphémère luminaire. Et puis la lueur indécise qui nimbe faiblement la grotte a la couleur du lait qui se répand sur du goudron.

Le journaliste lève la tête, avance de quelques pas.

Les autres ont fait comme lui. Ils sont tous à nouveau au coude à coude, la caverne s'emplit de respirations lourdes. Elle vient de là-haut, bien sûr, la lueur. Les yeux se sont accoutumés à l'obscurité, ils ont maintenant l'acuité nécessaire pour percevoir la pénombre blanche, le fantôme de lumière qui vient de l'ouverture du puits. Eh oui, là-haut, là-haut, immensément loin, à trois cents mètres, on peut apercevoir une flaque de clarté inaccessible. Trois cents mètres ! La tour Eiffel ? La lune, oui, la galaxie la plus lointaine dans l'univers infini.

— Putain de merde... souffle une voix que personne ne cherche à identifier.

Et personne n'ajoute mot. Cette flaque de lumière, là-haut, ce symbole, cette abstraction, a fait toucher du doigt à tous, plus que tout ce qui a précédé, leur terrible isolement, leur emprisonnement sans espoir. Ils savent qu'ils n'ont plus qu'à attendre. Ils savent aussi que l'attente sera longue et, pire, qu'elle n'a pas de but.

LA REMONTEE

– Qui peut me passer une cigarette?

C'est la dixième, non, la centième fois ou la dix millième, que Germain Ponçon quémande. Personne ne se donne plus la peine de lui répondre. Ce n'est pas parce que lui ne se donne plus la peine d'allonger sa demande d'un « s'il vous plaît » obligeant, c'est parce que des cigarettes, il n'y en a plus. Le P.-D.G. a terminé avant l'heure son paquet de l'après-midi, qui avait succédé au paquet du matin. Il a tenu encore un peu avec les Pall de Véronique et les gauloises de Suscillon, et puis la dèche est arrivée, sanglante.

Les heures n'arrêtent pas de couler, mais lentes... lentes! Qui a écrit ce bouquin de poésie intitulé *Lourdes, lentes*? Lefrançois n'arrive pas à s'en souvenir. Il s'accroche pourtant à cette recherche, à ce détail sans importance, pour ne pas... Pour ne pas quoi? Parfois il s'assied un moment, et quand il en a le cul trop gelé, il se lève et marche de long en large. Malgré l'obscurité, le temps est vite venu où il a été possible d'arpenter quelques dizaines de mètres familiers à la semelle, sans buter du nez contre une paroi ou une stalagmite. Les autres font pareil. Parfois quelqu'un pisse, mais désormais il n'est plus besoin de s'éloigner beaucoup. Et parfois une allumette brasille dix secondes, ou un briquet, quelqu'un qui n'a pas pu se retenir d'user la précieuse flamme. Dans ces moments-là, les visages, les corps qui sortent de l'ombre, coulés dans la glu rouge, ont l'air, hommes et femmes, de sortir du même moule.

Petit à petit la faim est arrivée, à pas de poule, dans les estomacs. Fin du monde ou pas... C'est Gary le premier, vers les deux heures, qui a demandé rageusement si personne n'avait rien à becter. Sa Véro avait deux *Mars* dans son sac, Mme Ponçon un paquet de bonbons à la menthe. Toujours les femmes qui ont des provisions. Même si celles-ci étaient plus que minimes, les gâteries chocolat-noisettes ont fait du bien en s'émiettant longuement dans les bouches. Gérard Lefrançois n'avait pas faim, lui, mais le geste était convivial et il a détaché du bout des incisives une lamelle de la cochonnerie gluante tendue par Eliane Ponçon, qui l'a frôlé dans l'ombre, de ses mains douces et de son parfum. Ensuite les bonbons ont trompé la soif.

— J'ai une femme qui se prénomme Colette, et deux gosses. Liliane a sept ans. On l'appelle Lily. François en a trois. Lui, on l'appelle Jules, je ne sais même plus pourquoi. On avait... on a une petite baraque sympa, à moins d'un kilomètre du Centre, mais j'ai toujours dit à Colette que ça ne risquait rien...

Michel Suscillon se tait. Mais il pourrait aussi bien continuer sur le sujet pendant des heures. L'angoisse, qu'elle s'exprime en mots ou en silence, pèse toujours le même poids. Gérard Lefrançois aurait voulu le faire taire. Mais à quoi bon ? Les mots de l'ingénieur ont fait resurgir un nom que le journaliste refoule depuis des heures, au prix d'une lutte de tous les instants, une lutte de titans, qu'il vient de perdre. Un nom, un visage, une présence : Béatrice. Et voilà : Béatrice est là, là, cette grosse boule dans sa gorge, c'est elle. Il sait qu'il ne pourra pas l'avaler.

— Tu as quelqu'un, toi ? demande Suscillon.

Le journaliste avale sa salive. La boule est restée. Elle

lui colmate la gorge, l'empêche de répondre. Il a quelqu'un, ce quelqu'un se prénomme Béatrice, c'est une fille rousse et joyeuse, la première fille, après plus de quinze ans de vie d'adulte, avec laquelle il s'était mis à penser sérieusement que... Où est-elle, Béatrice, en ce moment, où est-elle? Elle travaille dans les bureaux du *Mammouth* jusqu'à midi, le samedi, encore des heures sup. Mais à midi, il y avait longtemps que... Où est-elle, Béatrice? Elle fuit sur les routes? Elle attend chez elle? Elle a déjà été placée dans un camp de regroupement, évacuée? Ou alors... ou alors elle n'est plus que chair carbonisée, ombre portée sur un mur? Mais non, mais non... Les bombes, si bombes il y a eu, ne sont pas tombées si près de la ville, puisque la radio locale... Irradiée, seulement? Combien de becquerels, combien de rems dans le corps, Béatrice? Plus insupportable que la catastrophe est de ne rien savoir d'elle, de ne rien savoir de ceux qu'elle a touchés. Il y aussi sa mère, à Bourg. Il ne la voyait plus guère, et puis c'est une vieille femme. Mais Béatrice...

Il continue de penser encore un moment, tandis qu'à côté de lui Michel Suscillon continue de parler un peu, mais il ne l'écoute pas.

– Y a vraiment plus personne qui a une cigarette, bordel?

En écho à la question sempiternelle, un estomac anonyme fait entendre un très perceptible gargouillement. Une lueur crève la nuit, c'est le fumeur torturé qui joue à nouveau avec son plaqué or. Il est remonté sur le plateau de la benne, il lève le bras au bout duquel la petite flamme tremble, aspirée par le courant ascendant. Il regarde en l'air, il ausculte les hauteurs de l'aven.

– Je me demande... commence-t-il. Tout espoir n'est peut-être pas perdu. Si quelqu'un... quelqu'un qui ne craint pas le vertige pouvait grimper dans le puits... Regardez... Venez voir! En s'aidant des traverses... Elles ne sont pas très espacées. Moins d'un mètre. Un vrai escalier, finalement. Et c'est notre seule chance.

Pendant un moment, les regards oscillent du visage enfariné de Ponçon à la vertigineuse ouverture, d'où pendent les câbles de la benne et que le châssis de bois croisillonne, à peine perceptible maintenant dans la lueur d'en haut qui baisse. Ces regards expriment tous la même chose, pas encore dite à haute et intelligible voix : il est fou, ce type. C'est trop haut, trop loin, trop dangereux, mortel. Mais c'est vrai aussi que la lumière, le peu de lumière cavernicole qui permettait jusqu'alors aux enterrés de distinguer leurs silhouettes, cette lumière se fond, retourne aux ténèbres. Il est plus de six heures, là-haut la nuit d'octobre va recouvrir le monde, guerre atomique ou pas. Le P.-D.G. se sert de cette obscurité pour argumenter.

— La nuit vient. La vraie nuit. Qui a envie de geler toute une nuit ici ? Non, croyez-moi : la seule solution, c'est de grimper. Celui qui y arrivera n'aura qu'à remplir les réservoirs, remettre en marche le groupe électro, et faire monter les autres avec la benne. C'est simple !

Le ricanement de Gary lui répond.

— Ça, pour être simple, c'est simple... Une question : qui c'est qui va grimper ?

Le P.-D.G. se racle la gorge. Sous la flamme toujours vaillante de son briquet, son sourire est franc comme du plastique doré.

— Mais... hé ! Vous êtes un sportif, vous, Danielli... Vous faites de la montagne, si je ne m'abuse...

— Merde ! hurle Gary. Vous allez où, vous ? Je suis sportif, je fais de la montagne... Du karatéka aussi, puisque vous êtes si bien renseigné. Mais c'est pas pour ça que j'ai envie de me suicider. Grimper dans ce truc ? Demain, mon gars. Et si c'est une si bonne idée, allez-y vous-même.

Véronique lâche les deux premières notes d'un rire aigu. Le groupe s'agite en mouvements divers, Germain Ponçon s'étouffe d'indignation.

— Voyons... Danielli... qui vous permet de...

Personne ne permet rien à personne, de toute façon. Et en plus c'est le moment que choisit le briquet du P.-D.G. pour s'éteindre, à bout de carburant, avec un petit sifflement plaintif. L'obscurité qui s'installe, après le vif échange verbal, n'en est que plus épaisse. Dans les profondeurs surplombantes du puits, l'ovale de pâle lueur a disparu, bouffé par la nuit qui a envahi le monde de la fin du monde, le monde de la guerre atomique. Monter dans ce tube de ténèbres ? Evidemment, personne ne le ferait !

— Si j'avais eu trente ans de moins... ou même vingt... chuinte Boisgonthier.

Mais comme le ridicule n'a jamais tué personne, il ne s'écroule pas raide mort. Il rentre seulement son cou fluet dans le col relevé de son loden et se met à piétiner, comme ces prisonniers dans les films, pour éviter le froid qui monte à travers les semelles. Il pense peut-être à ces corps lisses et durs, si difficiles à trouver, et qu'il n'aura plus à chercher désormais ; il pense peut-être à son étude et à la vieille Mlle Bresson qui est restée là-bas, avec Puce, son chat. Il ne pense peut-être à rien. Et autour de lui, les corps qui se tassent dans la nuit, ou qui au contraire s'efforcent à rester debout, ont probablement la même vacance mentale. Ne penser à rien, c'est repousser les questions terribles aux réponses plus terribles encore, c'est mieux se mobiliser pour faire front devant la nuit qui menace d'être longue, longue.

La menace a été tenue. La nuit a été longue, longue. Longue pour Véronique qui n'était pas arrivée à trouver le sommeil, — qui avait froid, froid, dans sa robe rouge boutonnée sur le devant, et n'était pas parvenue à s'entourer assez des grands bras et des grandes jambes de son Gary. Longue pour Gary que les ventouses de sa nénette empêchaient de dormir, et qui avait un sale goût dans la bouche (la peur ?), et plus de chewing-gum pour le faire passer. Longue pour Germain Ponçon qui avait pensé à une petite poulette connue à Bourg, qui s'était endormi comme une masse et réveillé en pensant au boulot, au pognon, à la connerie des choses. Longue pour sa femme qui ne sentait plus ses mains de froid, et qui avait écouté son époux ronfler sur son cou, pendant des heures. Longue pour le maire adjoint, encore un qui n'avait pas fermé l'œil, mais lui ce n'est pas la première fois. Longue pour Luc Lagardère qui n'avait rien trouvé de mieux qu'actionner son flash en criant « coucou ! », ce qui lui avait valu une engueulade nourrie, et qui avait dû par la suite écouter Boisgonthier lui parler de sa jeunesse et autres antiquités sans intérêt. Longue pour Michel Suscillon qui avait fini par s'endormir entouré par les visages floconneux de Colette, de Lily et de Jules. Et longue enfin pour Gérard Lefrançois qui avait marché, qui s'était assis, relevé, avait tenté de s'allonger, avait écouté le flap-flap des ailes de chauves-souris dans le noir, avait perçu leur cri ultrasonique, avait sombré de trop rares moments dans une torpeur transie dont il sortait éperdu, la tête pleine d'images cauchemardesques de fuite sous des nuages atomiques en expansion, pour se rendre compte au bout de quelques secondes que les cauchemars n'étaient que le reflet de la réalité, que son obsession fantasmatique de l'atome avait débouché sur son abominable matérialisation.

Ça avait été long, oui, cette nuit. Mais, contre toute attente, et au bout de cette attente même, elle a fini par se dissiper dans la nappe grandissante de l'aube — l'aube, seulement cette plaque de métal pâle à la verticale du puits. Il y a des raclements de gorge, la toux d'Eliane Ponçon qui s'est enrhumée, des chuchotements, des paroles banales, le ruissellement de l'urine. Gérard remonte machinalement sa montre. Mais il ne peut lire l'heure, c'est une montre mécanique, comme son vieux réveil, elle n'a même pas des aiguilles phosphorescentes à cause (haha!) de la radioactivité, alors il demande l'heure à Suscillon, dont les cristaux liquides indiquent sept heures et des poussières. Là-haut, si le monde tourne encore, on doit être dimanche. Le journaliste s'approche de la benne, du puits, son regard accroche toutes ces entretoises poudreuses qui se perdent dans le blême. Et pourquoi pas? Pourquoi pas lui? Qu'est-ce qu'il risque? Une chute de cinquante, cent, deux cents mètres, et bonsoir. Mais s'il y arrive, au moins il saura. Pour lui, pour Béatrice, il saura. Les autres, ça vient seulement en plus.

— Je vais tenter le coup, murmure-t-il.

Mais il a parlé si bas que seul le photographe, qui était venu musarder près de lui, a entendu. Il lui dit:

— Ho? Tu déconnes...

— Je déconne pas, répond Lefrançois avant de répéter, tout fort cette fois: Je vais tenter le coup!

Des voix mêlées soulignent diversement la proposition, mais le journaliste ne veut pas spécialement écouter, surtout pas Ponçon, qui a dit quelque chose comme:

— C'est formidable, jeune homme! Je savais bien que quelqu'un prendrait en considération...

Et pas non plus le grand Gary qui s'approche, un tantinet gêné aux entournures, et qui grommelle tout en se curant le nez:

— T'es sûr que tu t'en sens? C'est pas une promenade qu'on fait les mains dans les poches. Moi, j'hésite vachement. On peut en causer, si tu veux...

Lui aussi est passé au tutoiement. Gérard a une brève poussée de haine pour le bellâtre, il a déjà pris place dans la benne, il tâte les montants de la cage, assure sa prise sur la première traverse. Ça va, l'aven est vraiment sec, le bois ne porte aucune trace d'humidité. Au moment de se hisser vraiment, Lefrançois se dit que Luc a raison, il déconne, il n'a aucune expérience de ce genre d'escalade, il n'a pas fait de gym depuis le lycée, et encore il était nul, il va se péter la gueule misérablement au bout de deux mètres, ou alors se tuer glorieusement au bout de vingt. Mais quand faut y aller...

Alors il y va, soulève d'un coup ses soixante-dix kilos, prend pied sur la première traverse. Jusqu'ici ça va. Mais c'est aussi ce que se dit le type qui tombe du trentième étage, en passant devant chaque fenêtre.

— Prenez bien garde à vous, fait sous son dos la petite voix d'Eliane Ponçon.

C'est le coup de fouet qu'il lui fallait. Il agrippe la seconde traverse, au niveau de sa poitrine. Après, il n'y a qu'à continuer.

Monter pendant trois cents mètres en escaladant des traverses de bois distantes de 80 ou 90 cm, et dont certaines sont cassées, n'est pas un exercice résumable, exprimable... C'est ce que pourra se dire Gérard Lefrançois, *après*. Avant cet « après », il y aura eu cet effort constant, ce tiraillement dans tous les muscles, de plus en plus douloureux, ce mystérieux appel du vide qui vous pousse à regarder en bas, entre vos pieds, et auquel il faut résister, le découragement qui succède à l'espoir, et les « je n'y arriverai jamais » qui succèdent au « je tiens le bon bout ». Ce qu'il y a de sûr pourtant, et de paradoxal, c'est que pas un instant le grimpeur n'éprouve la moindre peur. Quand faut y aller ? Il y est allé, c'est tout, et il n'a même pas été étonné quand il a pu se tirer hors du puits, quand il s'est retrouvé dans la grotte supérieure, sous la bobine graisseuse du tambour de chevalement. Pas étonné, et moins encore fier. Seulement épuisé.

Tellement épuisé ! Il se laisse glisser le long d'un montant de la tourelle, il appuie son dos noué contre un caisson métallique. Il respire, il n'a pas plus de pensées sous le crâne qu'un rocher. Au bout d'un moment, un long moment, il consulte sa montre. Il est midi moins vingt. Il ne sait pas combien de temps il est resté ainsi sans réaction, attendant qu'un peu de vie reprenne possession de ses nerfs, mais enfin il a bien dû grimper pendant trois heures... Trois heures: cent mètres par heure. Quel exploit! Splendide et dérisoire...

Il finit par se lever, après s'être massé les mollets. La caverne baigne dans une curieuse lumière blanche et mate, une lumière de farine. Il fait moins froid qu'au fond, bien sûr, juste la température normale d'octobre. Il renifle... Pas d'odeur de brûlé dans l'air, donc pas d'incendie proche. Mais les radiations?... Les radiations, ça ne se sent pas. Il avale sa salive. Il a faim, ce n'est qu'à ce moment qu'il s'en rend compte, une faim qui lui labourre le ventre de ses griffes. Et soif, aussi. Si soif que son palais lui semble collé à sa langue. Il cherche autour de lui, repère une cantine ouverte, un sac à dos, un cartable genre cartable d'écolier: des trucs appartenant aux ouvriers, abandonnés dans la fuite. Il fouille. Merveille! Il trouve un saucisson entamé, deux plaques de chocolat, des Gervais, des sandwiches enveloppés dans du papier alu. Sans compter deux bouteilles de rouge et un thermos avec du café encore tiède...

Il passe le quart d'heure qui suit à boire et à bouffer, à s'en étouffer. Radiations ou pas, de toute façon il n'a pas de compteur Geiger pour vérifier. Il ne s'arrête que lorsque son estomac commence à lui faire mal, et à cause de cette lourdeur il se dit qu'il devrait peut-être penser à en laisser aux autres... Les autres, c'est vrai. C'est pour eux qu'il a risqué la dégringolade. Mais avant de s'occuper du courant et du monte-charge, il veut aller voir dehors. Il traverse la courte galerie qui sépare la grotte au puits de la première caverne. La lumière est toujours blafarde, une lumière d'hiver sur la neige. Il franchit le seuil de la caverne. Il s'arrête à quelques mètres du seuil, ses lèvres modèlent le classique sifflotement de surprise interloquée, qui n'a même pas la force de sortir vraiment.

— Mais qu'est-ce qu'il fait? dit quelqu'un.

C'est bien sûr la centième fois que l'un ou l'autre des sept humains piégés dans l'obscurité pose la question, ou une variante de cette interrogation qui, plus qu'une demande événementielle, est de l'existentiel épais comme l'âme. Les minutes ont succédé aux minutes, et puis les heures aux heures, sans qu'aucun signe venu d'en haut n'ait donné une indication quelconque sur les aléas de la progression. Au début, Ponçon et Gary ont bien crié, mais comme ils n'obtenaient aucune réponse d'un grimpeur qui n'entendait même pas, ils ont vite cessé. Et comme l'attente nez en l'air leur a tout aussi vite fait mal au cou, ils ont cessé également de se casser les vertèbres cervicales en essayant de sonder la tache floue de l'aven.

— Mais faut pas s'inquiéter... S'il était tombé, on l'aurait reçu!

C'est Luc Lagardère, qui fait de l'humour.

— Rien ne le prouve. Il a pu tout aussi bien rester accroché...

Et ça c'est Gary, qui n'en fait pas. Pourtant Véro pousse un petit gloussement. Mais Eliane Ponçon, elle, pince les lèvres en même temps qu'elle sent son cœur se pincer. « Pourvu qu'il y arrive... pourvu qu'il y arrive », prie-t-elle, pour de vrai, car il lui reste quelque chose d'une enfance et d'une adolescence catho, comme seuls les trous perdus de la province profonde peuvent en générer. Est-ce que sa prière a vraiment été entendue par quelqu'un, là-haut, bien plus haut que la surface du monde? Quelqu'un qui peut laisser paisiblement la race humaine se foutre sur la gueule à coups de bombes atomiques, mais n'en prend pas moins la peine de se manifester auprès de quelques individualités ? Eliane Ponçon est toute prête à le croire quand les lumières se rallument.

Il y a une seconde ou deux de silence, et puis les hurlements de joie, et les manifestations attendues : Eliane Ponçon se jette dans les bras de son mari qui ne va pas jusqu'à la repousser mais se contente de lui tapoter la joue, Gary et Véro se roulent une pelle mécanique, le maire adjoint serre de toutes ses faibles forces la main de Suscillon et celle de Luc — plus longtemps celle de Luc, et avec le regard embué même, parce que ce jeune blondinet... ah... ce jeune blondinet, en d'autres circonstances...

Mais Ponçon s'est déjà dégagé de l'étreinte conjugale, il court décrocher le téléphone.

— Lefrançois ? C'est vous, mon vieux ? Vous avez réussi ! C'est merveilleux. C'est fantastique. Félicitations, mon vieux... Ici on est tous... enfin, on vous félicite tous ! Bon, maintenant vous allez nous tirer de là, hein, mon vieux ?... Oui. Vous avez remis du fuel dans le... d'accord. Pour faire remonter le plateau, y a pas de problème. Vous faites basculer le... oui, c'est ça. Et vous appuyez sur le bouton rouge, au milieu du caisson. Vous le voyez ? Bon ! Mais vous attendez qu'on soit tous installés, hein ! Je vous donne le signal...

Une minute après, ou moins que ça, ils sont tous serrés sur le plateau du monte-charge. Un faible bruit, répercuté par le puits de résonance de l'aven, tombe des hauteurs. Les câbles se tendent, c'est parti ! Ça leur paraît long, à tous, cette remontée, mais pas aussi long quand même que les différents stades de l'interminable attente. Et lorsque l'esquif sort des ténèbres et accoste sur le replat de la caverne, tout le monde tient à congratuler le sauveteur, à le toucher, à l'embrasser. Gérard Lefrançois semble dépassé par la houle des remerciements et des félicitations. Son visage aux traits un peu mous conserve l'expression maussade qu'il arbore la plupart du temps, et c'est tout juste s'il a un demi-sourire lorsqu'Eliane Ponçon lui lance un timide « Vous permettez que je vous embrasse ? », et qu'elle passe aux actes. Malgré la nuit vécue au fond, elle sent toujours bon, un parfum discret qui n'a rien à voir avec la douche dont s'est arrosé Boisgonthier.

— Tu t'es vraiment bien démerdé ! clame Gary en prenant une pose avantageuse. T'as pas eu de problème ? Faut dire qu'on a remis le puits en état mètre par mètre. Je te dis pas le nombre de traverses qu'on a dû changer...

— Pour ceux qui ont faim ou soif, je vous signale qu'il reste encore à boire et à manger. Mais je me suis copieusement servi...

Par miracle, la sollicitude de Gary cesse. Il est le premier à se précipiter vers les reliefs que le journaliste désigne d'une main lasse. Gérard observe les rescapés se partager ce qu'il a laissé. Ils ne se battent pas exactement, non, ils y mettent encore les formes, mais pour un peu ils se chipoteraient les miettes. Non, pas tous, quand même. Le petit maire adjoint reste digne, et l'épouse Ponçon attend qu'on veuille bien lui donner sa part. D'après ce que voit Lefrançois, elle a droit à un Gervais et à une gorgée de café froid. Belle humanité...

— Et... comment ça se présente, dehors ? demande le P.-D.G. en revenant la bouche encore pleine vers le sauveteur.

Lefrançois se borne à hausser les épaules.

Une minute plus tard, ils sont tous dans la ouate.

DANS LA OUATE

Il n'y avait pas une chanson con, avant, chantée par une conne ? Une chanson qui disait : *C'est la ouate que j' préfère ?* Oui, il y avait cette chanson con, chantée par une conne. Et c'était avant, *avant :* avant la guerre atomique, avant la fin du monde. Autant dire il y a des millénaires.

Parce que maintenant la chanson con est devenue une réalité palpable, visible, elle a englobé le monde. Le monde, c'est de la ouate. Une densité blanche, un volume insondable dans lequel on s'enfonce sans en remuer les strates, une barrière de coton où le regard se perd à moins de dix pas. C'est ce qu'a vu Gérard en sortant de la grotte, c'est ce que voient tous les autres moins d'une heure plus tard. La ouate. Eliane Ponçon a trouvé le terme, alors qu'elle brassait l'atmosphère autour d'elle. Une bonne définition pour cet épaississement de l'air, qui ne dépose sur la peau et les vêtements qu'une très vague cristallisation, dont un doigt mouillé de salive fait disparaître toute trace.

– C'est la poussière soulevée par les explosions... fait Germain Ponçon.

– La poussière ? rétorque Suscillon. Elle devrait être sombre, grasse, cendreuse. Et bien plus épaisse que ça. On dirait de la craie.

Chacun imagine des falaises, des montagnes de craie brutalement fracassées, projetées dans l'atmosphère sous l'apparence de cette poudre sans consistance. Mais cela n'a aucun sens.

— Et si cette soupe était radioactive ? suggère Lagardère en ricanant.

Il a regardé Suscillon qui fait un geste d'impuissance. Gérard se dit que cette question-là, ils n'ont pas fini de se la poser. Jusqu'à ce que...

— On s'en rend compte comment ? hasarde Véronique en se mordillant le pouce.

— Tu dégueules, tu as la chiasse et tu perds tes tifs ! jette sans ménagement son Gary.

Il se passe la main à travers son épaisse toison brune. Mais elle ne lui reste pas entre les doigts, pas encore.

— Je pense... On devrait essayer d'écouter la radio, dit Ponçon. Qui sait ? Au bout d'un jour, la situation s'est peut-être arrangée...

Un jour ? C'est vrai, il y a maintenant plus d'un jour que l'impensable s'est produit. Ce n'est pas comme ça qu'ils voyaient l'Apocalypse, tous autant qu'ils sont. Les flammes, la terre crevassée, les cadavres noircis, oui. Hiroshima. Mais pas ce silence, ce froid, ce calme, l'étouffement blanc de cet étrange brouillard. Germain Ponçon se dirige vers l'alignement des voitures, qui se devinent à peine dans la ouate.

— Ça alors ! s'exclame Jean-Charles Boisgonthier. Ma voiture n'est plus ici. Ha ! je comprends... J'avais laissé mes clés au contact, les ouvriers ont dû fuir avec.

— Croyez bien que j'en suis désolé, fait Ponçon avec un agacement visible, à croire qu'il se sent accusé. Ils n'en étaient pas à une saloperie près, ceux-là... J'espère qu'ils ont cramé avec...

Il se tait, conscient d'être sans doute allé un peu loin.

— Et c'était quoi, déjà, votre bagnole ? demande Gary.

— Eh bien… Une Mercedes… répond le petit homme d'un ton confus.

— Ho, merde, une Mercedes! Et ils vous l'ont piquée! C'était une combien?

— Vous savez, dans ces circonstances, ça n'a aucune importance. Je n'avais rien de valeur dedans. Et puis elle n'était plus très neuve. Je…

Cette intéressante conversation est sabrée par Germain Ponçon qui, tassé sur les coussins orange de sa Lancia Prisma, a réussi à capter un poste. La voix est d'abord criblée de grésillements puis, d'un coup, elle sort du bourbier sonore et devient d'une netteté presque trop perçante. Les têtes se courbent vers la portière.

— …quitter les villes et les grandes agglomérations, même si elles n'ont pas été touchées par des coups directs. Nous conseillons à la population d'éviter les grands rassemblements et les fuites au hasard des routes. Restez sur place ou, si vous le pouvez, gagnez la montagne ou le bord de mer en empruntant des itinéraires secondaires. D'autres instructions vous seront données plus tard. Nous répétons. Les bombardements ont cessé. Il n'est pas encore temps de faire l'état des destructions et du nombre des victimes, mais nous nous portons garants de la cessation définitive de la guerre. Pour l'instant, les survivants doivent quitter les villes et les grandes agglomérations, même si elles n'ont pas été touchées par des coups directs. Nous conseillons…

La voix anonyme, sans inflexion, redonne son message. Puis recommence. Et recommence encore, en boucle, à croire qu'il s'agit d'un simple enregistrement. Le P.-D.G. finit par couper son autoradio.

— Je me demande… commence-t-il.

Mais il ne va pas plus loin, sans doute ne sait-il plus ce qu'il s'est demandé, ou alors trop de demandes à la fois se bousculent sous son chapeau.

— Ouais, qu'est-ce qu'on fait, maintenant? lance Luc Lagardère, un rien agressif.

Ça, au moins, c'est une bonne question.

Les deux voitures roulent dans la ouate, au pas. La Land Cruiser est devant, sa batterie de phares cognant inutilement le mur de brume blanche : on n'y voit rien à plus de dix mètres, ou moins. La Lancia Prisma de Germain Ponçon suit, presque collée au pare-chocs de la Toyota.

Ils ont finalement décidé de ne prendre que deux véhicules, pour rester groupés, faire corps, se sentir moins seuls, quoi. Et comme ni Gary ni le P.-D.G. n'ont voulu abandonner leur précieuse bagnole (Gary : Vous savez combien elle m'a coûté ? Et puis un engin comme ça, pour le tout-terrain, je vous dis pas... Ponçon : J'ai des papiers, dedans, des documents qui ne me quittent jamais. Je préfère, hmm, vous comprenez ?), Gérard Lefrançois, Michel Suscillon et Luc Lagardère ont volontiers laissé sur place leur respective R 5, Alpine et Deuch'.

Plusieurs fois Gary, qui a prétendu connaître le coin comme sa poche, s'est planté. Ils ont dû rebrousser chemin, repartir en sens inverse dans des chemins vicinaux bordés de barrières fantomatiques, de poteaux que la ouate coupe net à quelques mètres du sol. Les vitesses craquent, Gary jure. Dans la Toyota ont pris place, en plus du pilote, sa nana, Suscillon, et Gérard Lefrançois. Les autres sont montés avec le P.-D.G. Le maire adjoint s'est mis sur la banquette arrière avec Luc Lagardère, il continue à l'entretenir des voyages en bateau à voile qu'il a faits dans sa jeunesse et autres événements futiles qui, dans les circonstances présentes, paraissent impensables. De temps en temps, la main soignée du petit homme effleure comme par inadvertance le genou du photographe qui n'y prend pas garde et n'écoute rien. Lagardère a baissé la vitre de sa portière, pour échapper aux effluves fanés du parfum entêtant qui oint le notaire.

Bang ! La Lancia a encore buté contre l'arrière de la Toyota, qui vient de freiner, hésitant sur la route à prendre. Tout droit ? Ou à gauche ? Eliane Ponçon regarde son mari de biais, dans sa tête il y a cette phrase : « Mais fais donc attention à ta conduite » — une phrase qu'elle ne prononce pas à voix haute, qu'elle n'a jamais prononcée, et ne prononcera jamais. Elle pense au journaliste qui est devant, et avec qui elle a encore échangé un long regard avant de s'asseoir au côté de son mari. Elle a rougi, elle en est sûre. Elle est idiote. Idiote !

La Toyota prend à gauche, finalement. De l'arrière, avec sa poupe carrée veuve d'une troisième dimension, elle ressemble plus que jamais à un corbillard issu d'un film d'épouvante. Gérard Lefrançois ne pense pas à la sympathique et trop effacée Mme Ponçon. Il pense à Béatrice. Ses boucles rousses, qu'il aimait ébouriffer, son nez retroussé en pied de marmite, ses taches de rousseur, le lobe de ses oreilles, qu'il mordillait, les... Béatrice, tout entière. Où est-elle, dans cette ouate ? Il rencontre le regard de Suscillon.

— Je crois qu'on est pas loin, fait l'ingénieur. Je vais enfin savoir si Colette et les gosses...

Le journaliste lui répond par un vague signe de tête. Michel Suscillon a obtenu gain de cause : on passera par chez lui d'abord, pour qu'il puisse avoir la réponse aux questions qui le taraudent. Lefrançois ne se sent pas pressé de les connaître, ces réponses. Le sort de Colette, c'est celui de Béatrice, le sort de tout le monde. Ses angoisses rampantes sont coupées net par Gary, qui vient encore de freiner rudement.

Les deux passagers du siège arrière voient le conducteur dresser sa haute silhouette par-dessus le pare-brise.

— Qu'est-ce qu'il y a, bordel ?

Ce qu'il y a ? Juste un chien mort, étendu pattes raidies en travers de la route. Un bâtard à poil ras qui regarde le convoi de ses yeux de verre. Tout le monde est descendu des voitures, les rescapés font cercle autour du cadavre, à distance respectueuse. Personne ne parle. Ce chien mort c'est, plus et mieux que tout le reste, la preuve tangible du cataclysme, leur premier cadavre.

Ils sont repartis, le cadavre du chien au fond des yeux, sans qu'un seul mot ait été échangé. Les véhicules ont soigneusement contourné le corps, et c'est à nouveau la route, en seconde, presque au pas, jusqu'à ce que l'ingénieur s'écrie :

— Là ! C'est là ! Cet embranchement...

A son tour il se redresse dans le véhicule décapoté. Gérard le sent vibrer près de lui, une sensation électrique, insupportable. La Toyota roule sur un fragment de route goudronnée, bien noire, qui se transforme vite, après une grille blanche grande ouverte, en allée gravillonnée. Le véhicule stoppe. Dans la ouate, la maison basse ne paraît être qu'une peinture au lavis. Elle est silencieuse, tranquille, assoupie dans la brume. Suscillon ne bouge plus. Pour rompre la tension, Lefrançois saute sur le sol. Quelque chose s'écrase sous ses semelles avec un bruit exagéré. Il baisse les yeux, il a pulvérisé une camionnette d'enfant en plastique, un jouet abandonné, jaune et rouge, une tache de couleurs violentes qui jure dans l'inertie du paysage blanc.

— J'y vais... souffle Suscillon, si bas que le journaliste l'entend à peine.

Lefrançois le regarde marcher vers sa maison. Il sent sur son cou le souffle de quelqu'un qui est aussi descendu de voiture et se presse derrière son dos. Mais il ne se retourne pas. Voudrait-il détourner les yeux de la silhouette raide qui marche dans la ouate à pas comptés, son attaché-case ridicule au bout d'un bras, qu'il ne pourrait pas. Combien de pas ? Huit ou neuf, pas plus. Et puis la porte. Elle s'ouvre d'une seule poussée, elle n'était pas fermée à clé. La silhouette s'y encadre un moment, et disparaît. Le souffle dans le cou de Gérard Lefrançois forcit en un gros soupir. A l'intérieur de la maison, la voix de l'ingénieur s'élève :

– Colette ? Il y a quelqu'un ?

Et à nouveau le silence.

A nouveau l'immobilité.

Les deux durent longtemps. Ou pas longtemps du tout, peut-être trente secondes. Autant dire des siècles – mais ce n'est pas la première fois que les rescapés subissent le mauvais vouloir du temps.

La silhouette est revenue s'encadrer dans l'huis, un fantôme, une ombre mouvante agitée, en négatif, grise sur fond noir. La silhouette fait un pas, lève le bras, paume tournée vers ceux qui l'observent, doigts largement écartés. Un signal ? Une mise en garde ? Le message n'a pas l'occasion d'être exprimé. La silhouette pique brusquement du nez, s'étale sur le gravier, d'un bloc, un arbre coupé. Et ne bouge plus.

Quand même, le message est passé.

– Foutons le camp ! hurle une voix, celle de Gary.

– Mais on ne peut quand même pas... hasarde Lefrançois.

Il fait un pas, ou peut-être seulement un demi-pas vers le corps immobile de l'ingénieur. Les moteurs rugissent dans ses oreilles, la Toyota manque l'encadrer en prenant un virage en épingle à cheveux. Le camion rouge et jaune s'émiette sous un pneu, Lefrançois a tout juste le temps de sauter en marche, il s'affale contre le corps mollasson de Véro, s'agrippe à un sein qui s'écrase sous sa main. Les deux véhicules prennent à la corde le virage sur la départementale. Gérard tord le cou en arrière, mais il est bien trop tard : la maison, le portail, tout a disparu dans la ouate. Avec le corps effondré de Michel Suscillon.

— Qu'est-ce qui a pu lui arriver? Des radiations?

— Mais non, ça ne se passe pas... Là, il est tombé comme s'il avait reçu un coup de fusil. Et s'il y avait eu des radiations, quelque chose de costaud, je ne sais pas, 500 rems, on en sentirait déjà les effets. Mais aucune bombe n'est tombée si près. Rien n'est détruit... on n'a vu aucune trace nulle part...

— Et une bombe à neutrons? fait Gary. Ça tue les gens, mais ça épargne les constructions...

— C'est des conneries, ça! Une bombe à neutrons, son vrai nom, c'est bombe à radiations renforcées. Elle émet des neutrons rapides en grandes quantités quand elle explose, d'accord, mais il y a quand même une bombe nucléaire... heu... normale, en dessous.

— Et si c'était des virus?

Tous les regards se tournent vers Ponçon. Il a quitté son chapeau, son crâne est luisant de sueur malgré la fraîcheur sèche de l'atmosphère, son visage graisseux est aussi pâle que l'environnement de ouate.

— Quoi, des virus?

— Vous savez bien ce que je veux dire... La guerre bactériologique... ou chimique. Il existe des produits qu'on lâche dans l'atmosphère et ça vous contamine en un clin d'œil des kilomètres carrés!

— Merde, merde et merde! lâche Gary en fixant son patron avec de la haine dans le regard, autant de haine que si c'était Ponçon lui-même qui avait répandu sur le monde les virus, ou quoi que ce fût d'autre. En même temps il commence à se gratter le poignet gauche, puis la poitrine, sous sa chemise de velours. Quand il se rend compte de ce qu'il fait, et de tous ces yeux soupçonneux qui à leur tour le soupèsent, il fourre ses mains dans ses poches, poings crispés.

— On déconne tous... Si ça se trouve, il est mort d'une crise cardiaque. L'émotion d'avoir vu sa femme et ses gosses...

Il hausse les épaules, se détourne de la troupe, lance un coup de pied dans un pneu de son bolide.

— On se fait des idées sur tout, et on ne sait rien, dit Boisgonthier de sa voix toujours mesurée et conciliante. Nous sommes vivants, tout de même ! Et jusqu'à preuve du contraire, nous sommes en bonne santé. C'est une coïncidence, certes, mais cette descente dans le puits nous a sauvés. De cela, nous serons toujours redevables à notre ami Ponçon...

Le rire aigrelet de Lagardère clôt le panégyrique du maire adjoint qui ne voit pas, ou feint de ne pas voir les regards furibards dont le bombardent Gary et Gérard.

— Bon, c'est bien joli, tout ça, attaque ce dernier, mais vous savez l'heure qu'il est ? Cinq heures passées. La nuit va tomber. On avait décidé d'aller au bourg...

Sa proposition recueille quelques protestations hérissées.

— Au bourg ! Et puis quoi encore ? Vous avez vu ce qui s'est passé avec Suscillon ? Et la radio qui nous a bien prévenus de nous écarter des villes...

Le journaliste secoue la tête et pince les lèvres. C'est vrai que la radio, plusieurs fois sollicitée, n'a fait que continuer à déverser le même immuable message. Et quoi ?

— Le bourg n'est pas une grande ville... Je suis persuadé, et vous l'êtes aussi, qu'aucun missile n'a touché la région. Vous n'avez peut-être personne dont le sort vous soucie ! Moi, oui.

— Nous avons tous des parents ou des amis ! hurle Ponçon. Mais vous savez bien qu'ils sont morts ! Que tout le monde est mort ! Allez vous faire irradier si ça vous chante... ou bouffer par les virus ! Mais vous irez seul ! Et à pied.

— Si vous croyez que je n'en suis pas capable, pauvre minable, vous vous trompez...

Les deux hommes sont face à face, nez à nez, on dirait

Marius et Panisse dans un film de Pagnol. Autour c'est le grand silence blanc, c'est nulle part, exactement nulle part, l'endroit sans nom où les véhicules ont stoppé après avoir roulé au hasard pendant un bon kilomètre, en fuyant la mort de l'ingénieur. Gérard Lefrançois fait brusquement demi-tour et se met à marcher sur la route. Un tapotement de talons sur le goudron le fait imperceptiblement ralentir. C'est Eliane Ponçon qui s'accroche à son bras, le tire en arrière.

— Vous n'allez pas faire ça, voyons... Mon mari... enfin, vous le connaissez. Mais il ne faut pas nous séparer, surtout pas. Allez, revenez, ne faites pas l'enfant...

Lefrançois sent sa décision mollir. A cette expression, « ne faites pas l'enfant », il a même eu un bref sourire. Quel âge elle a, Eliane Ponçon ? Cinq ans de plus que lui, à tout casser. Le visage rond et blond est tendu vers lui. Là-bas, à dix ou douze pas, à l'extrême limite de la visibilité, les autres ne sont que des traits de fusain entre les masses floues des voitures.

— Allez, Lefrançois, revenez ! crie la voix éraillée de Ponçon. On va y aller, à votre foutu bourg...

Le journaliste fait semblant d'hésiter, pour marquer le coup, puis il regagne les rangs. La main de la petite bonne femme n'a pas lâché son bras.

Entre l'intention et l'acte, il y a parfois des distances sidérales.

Ils ont fini par trouver le bourg, dans le crépuscule qui commence à teinter la ouate de son encre délayée. La Lancia et la Toyota se sont arrêtées contre la bordure du trottoir de l'avenue de la Libération, qui plonge vers le centre de la petite cité bressonnaise. A droite, les rescapés peuvent distinguer l'arête d'un mur qui se fond dans les hauteurs : le lycée technique Jean-Bart. Sur la gauche, c'est déjà trop loin pour apercevoir quoi que ce soit. Quelques véhicules sont accotés au trottoir. Il y a même une 404 bleue immobilisée en plein centre de l'avenue. Est-ce qu'elle renferme un cadavre effondré contre le volant ? Probable, mais personne n'a envie d'aller y mettre le nez. Le plus bizarre, c'est que les cadavres, on ne les voit pas. Il est vrai qu'avec la ouate... Pour un peu, on se féliciterait de sa présence. Elle est comme un linceul qui cache les corps aux yeux des survivants.

Gérard Lefrançois danse d'un pied sur l'autre. Il frissonne dans son blouson léger. Il est le seul à être descendu de voiture. Les autres l'attendront là. Mais pas trop longtemps, a quand même tenu à préciser Ponçon. Les pieds du journaliste pèsent des tonnes. C'est pourtant facile, non ? Ouate ou pas, nuit ou pas, il n'a qu'à parcourir cent cinquante mètres sur l'avenue, ensuite tourner à droite dans la Grand-rue. Et il est chez lui. Mais quoi faire, chez lui ? Béatrice n'y est sûrement pas. Filer directement chez elle, alors, rue de la Batellerie ? Ce n'est pas tellement éloigné non plus. Mais il n'est pas davantage pensable que Béá soit chez elle. Elle a été surprise par l'alerte à son travail, au supermarché... L'alerte ? Est-ce qu'il y a eu une alerte, seulement ? Il faut vingt minutes à un missile balistique pour... Et merde pour les missiles balistiques ! Le supermarché est de l'autre côté du bourg, un petit quart d'heure à pied. Un petit quart d'heure à pied, dans cette ouate qui s'épaissit, qui s'obscurcit.

— Alors ! Qu'est-ce que tu fous ? lance une voix dans son dos.

Gary. Qu'est-ce qu'il fout ? Il aimerait bien le savoir. La ville morte s'ouvre devant lui, une porte sur le néant, un gouffre de silence et de nudité. Une phrase lue quelque part remonte approximativement dans son esprit qui se débande : toi qui franchis cette porte, laisse toute espérance. De l'espérance... A-t-il eu, véritablement, celle de pouvoir retrouver sa Béatrice vivante? Mais il n'y a rien de vivant de l'autre côté de la porte. Et il n'y a plus d'espérance. Seulement quinze mille morts sous leurs voiles de brume, et l'évidence irrémédiable de la catastrophe. Il sent les larmes lui venir aux yeux. Il recule. Il se retrouve sans savoir comment plié sur le capot de la Toyota, qu'il cogne du poing en gémissant:

— Je ne peux pas! Je ne peux pas...

Gérard Lefrançois se tourne sur le côté. Mais il y a toujours quelque chose qui lui rentre dans les côtes. Ou alors c'est Luc, qui roupille en quinconce sur la banquette arrière de la Toyota, et qui l'empêche de s'étendre comme il voudrait. On peut être désespéré et avoir quand même envie de dormir en paix. Luc ronfle. Lui, c'est son estomac qui gargouille. On peut être désespéré et avoir faim.

La faim, tout le monde s'en est plaint, à nouveau, une fois la nuit tout à fait tombée, et qu'ils ont décidé de dormir dans les bagnoles en s'éloignant un peu de la périphérie du bourg, qui décidément foutait des frissons dans le dos à tous.

— On pourrait aller dans un magasin piquer des trucs, avait proposé Gary.

Lagardère lui avait dit de faire comme chez lui, et la proposition en était restée là, avec la faim pinçant les ventres pas habitués à ces traitements dignes du quart-monde. Seulement le quart-monde c'est: ici et maintenant, en pire.

Gérard se retourne encore. Ses yeux s'ouvrent en grand sur la nuit blanche. Est-ce que quelque chose n'a pas bougé, là, sur la route, près de l'avant de la Toyota? Il se redresse du buste, il heurte le photographe qui gémit dans son sommeil. L'ombre dans l'ombre, furtive et silencieuse, contourne le capot, se fond dans la ouate. Gérard est à deux doigts de réveiller Luc. Ou de hurler une phrase aussi conne que « qui va là? », ou « y'a quelqu'un? ». Mais il n'y a sûrement personne. Seulement un fantôme né de la nuit, une impalpable créature hantant la fin du monde.

Gérard Lefrançois cherche à nouveau la position confortable qui lui permettra quelques heures de sommeil. Y'a quelqu'un. C'est la phrase qu'avait lancée Michel Suscillon en pénétrant dans sa maison. Pauvre type. Pauvre Michel. On ne peut pas dire qu'il aura eu son oraison funèbre. Pas même la moitié d'un regret avoué. Pourtant... pourtant ils auraient pu être copains, tous les deux. L'écolo et l'ingénieur nucléaire. Marrant.

Non, ce n'est pas marrant, puisque Suscillon est mort. Gérard Lefrançois finit par s'endormir sur ce genre de pensée, de regret. Et demain est un autre jour.

LE MAMMOUTH

— La population peut désormais être tout à fait rassurée. Tout risque de conflit est définitivement écarté. Nous répétons: tout risque de conflit, donc de bombardement A, B ou C, est définitivement écarté. Les gouvernements de la planète, sans exception, s'en portent garants, et tiennent à exprimer aux survivants leur soutien, ainsi que leurs excuses pleines et entières pour la tragédie qui a secoué le monde. Aux survivants, nous conseillons toujours de s'écarter des centres urbains, et de se placer dès qu'ils le pourront sous la protection de l'administration militaire qui commence à se mettre en place... La population peut désormais être tout à fait rassurée. Tout risque de conflit...

La grosse pogne blême de Germain Ponçon fait taire la radio, qui ravale sa litanie. Le P.-D.G. tourne un regard voilé vers les têtes rapprochées qui se penchent par la portière ouverte de la Lancia.

— Qu'est-ce que ça veut dire, ces histoires? souffle-t-il.

— Ce que ça veut dire? reprend Gary. Ils se foutent de notre gueule, voilà ce que ça veut dire! Ils nous balancent des mégatonnes sur la tronche, et après ils s'excusent, ces oiseaux... Saloperie de merde... Non, mais vous vous rendez compte?

Il se frappe à plusieurs reprises le front du plat de la main, comme pour bien se faire rentrer dans la tête toutes les saloperies du monde. Avec sa barbe de deux jours, déjà très noire sur son menton anguleux que partage la fossette dont il est si fier, il ressemble à un des baroudeurs des films dont il s'abreuve, un Rambo sans les muscles.

— Ce qu'il y a de bizarre, c'est l'absence de véritables informations, dit Lefrançois. Ils pourraient quand même nous dire ce qui s'est passé exactement... qui a fait la connerie de lancer la première frappe, tout ça...

— Tu veux que je te dise un truc ? fait Gary. Pour moi tout est parti d'une erreur dans leur système électronique... Comme dans le film, *Wargame,* tu l'as vu ? Ça serait pas la première fois que ça arrive. Mais là, ils ont pas pu arrêter à temps, c'est tout.

— Je ne crois pas qu'il faille s'attendre à des informations précises avant longtemps, de toute façon, dit Boisgonthier qui est en train de tripoter son nœud de cravate pour le remettre d'équerre. C'est secret militaire, vous savez.

— Secret militaire ! claironne Lagardère. La grande muette qui a toujours raison et toujours ses raisons... Vous me faites marrer, tous. Vous avez pas saisi ? L'administration militaire qui se met en place. Moi, c'est pas ce qui s'est passé, qui m'inquiète, c'est ce qui va se passer... La prise en main par l'armée de tout le pays. Depuis le temps qu'ils avaient pas eu l'occasion de redresser le képi !

Plusieurs regards vaguement interloqués scrutent le photographe, ce genre de regard qui ne sait pas séparer le lard du cochon. Il n'y a que Lefrançois qui lance un clin d'œil à son collègue. Mais comme personne ne sait quoi répliquer, chacun se remet à vaquer à ses occupations du matin, se gratter les aisselles ou l'entrejambe, renifler, avaler sa salive pour tout petit déjeuner, s'éloigner dans la ouate pour la satisfaction des besoins naturels. Le journaliste est déjà allé chier, une petite crotte dure, tout ce qu'ont voulu expulser ses intestins. Pendant un moment, il se plaît à imaginer chaque membre du groupe accroupi, en travail. Le petit notaire, ça ne doit pas être triste. C'est le genre de pensée qui vient dans des circonstances comme celles-là, où tout le monde n'a rien d'autre à faire qu'à épier tout le monde, et où le moindre tic devient vite insupportable : Gary qui soupèse ses couilles, sa petite amie qui explore constamment sa narine gauche avec son auriculaire, Ponçon qui n'arrête pas de se fouiller à la recherche de cigarettes absentes... Justement, le P.-D.G. (P.-D.G. de quoi, maintenant ?) a ouvert le coffre de son tape-à-l'œil, il farfouille dans des sacoches et des cartons pleins de papiers.

— Il a fallu que ce soit un jour comme celui-là que j'oublie d'emporter une cartouche... l'entend grommeler Gérard.

— Tu ne pourrais pas me donner quelques feuilles de papier, s'il te plaît ? dit tout bas son épouse.

— Haarrr... tu n'as pas de kleenex ? C'est des documents importants que j'ai là, pas du torche-cul ! Tu m'amuses, toi...

Le délicat personnage finit par céder quelques feuilles à madame, qui s'éloigne à son tour dans la ouate. C'est le moment qu'attendait Lefrançois pour s'approcher, une brusque envie de cartonner Ponçon, qui n'attend qu'une raison précise pour éclater. Le patron la lui fournit.

— Dites donc, votre copain, qu'est-ce qu'il a voulu dire avec son histoire de reprise en main par l'armée ? Il serait pas un peu coco sur les bords, des fois ?

— Précisément, monsieur Ponçon. Lagardère est secrétaire général du syndicat C.G.T. des reporters-photographes du département. Et moi je suis responsable des

Amis de la Terre. Et je peux pas encadrer ceux qui la bétonnent…

Ponçon le regarde avec des yeux ronds, il fait celui qui n'a pas bien compris, ce qui est peut-être le cas, en réalité. La colère de Gérard se dilue aussi vite qu'elle avait épaissi, elle se recroqueville à l'intérieur de son dégoût généralisé. Peu de temps après, les véhicules repartent, il est 8 h 37, le collectif a décidé de mettre le cap vers le sud, c'est une solution comme une autre. La ouate semble s'être légèrement délayée, mais c'est peut-être une impression due au soleil qui doit normalement être toujours à sa place dans le ciel, et dont la lumière tamisée parvient peu ou prou à percer le banc. Résultat, on y voit à peu près sur quinze ou vingt mètres, ce qui fait que les véhicules peuvent atteindre la fabuleuse vitesse de 20 km/h.

Ce n'est qu'après une petite heure de voyage, sans incident notable (ils rencontrent toujours des véhicules immobilisés sur les bas-côtés des routes, ou en plein milieu, mais pas une seule fois les conducteurs n'ont pris la peine de s'arrêter), que le miracle se produit. Ou plutôt qu'il vient à leur rencontre dans la ouate, sous la forme d'une illumination fantomatique qui se précise peu à peu, qui sort de la farine avec son grand pan rectangulaire souligné de vifs lampions bleus et orange, un peu à la manière de ces apparitions oniriques qui font la beauté des films de Fellini — une référence qui ne vient pas à l'esprit de Gary, dont la culture cinoche s'arrête juste à l'étage du dessous.

— Merde ! lâche-t-il en freinant sec, à son habitude.

Le fantôme de lumière est estampillé au centre de sa façade par la silhouette d'un éléphant ruisselant de néons. Un éléphant ? Non. Son grand-père : un mammouth.

— Vous avez vu ? Un *Mammouth* ! Celui-là, on va se le faire ! jette le chef de chantier avec à-propos.

Il ne parle pas de l'animal fabuleux, ni de l'enseigne. Mais de ce qu'elle représente : cet hypermarché intact, à façade scintillante de lumière, qui est sorti des brumes dans le seul but de s'offrir à eux, avec ses tonnes et ses tonnes de marchandises... Déjà, Gary a sauté de son engin et court vers le parallélépipède flamboyant.

Leur première préoccupation a été de courir vers l'espace alimentation et de bouffer, de bouffer à s'en faire crever la panse. Gérard a tenu à prévenir ses compagnons qu'il valait mieux ne consommer que des aliments et des boissons en boîte, pour éviter tout becquerel en balade... Mais les rayonnements, l'irradiation, il n'y croit même plus. Et quand on a la bouche pleine, mieux vaut en effet ne pas y croire. Quant aux victimes... Il y avait peut-être bien quelques corps sagement allongés dans la ouate, aux abords immédiats du gigantesque bâtiment. Mais quoi ? C'est comme pour les becquerels, ne pas les voir, c'est éviter d'y penser. Quant à l'intérieur de l'hypersurface, heureusement, elle est vide de tout cadavre encombrant. Il y a sans doute bien eu une alerte, après tout, qui a vidé à temps les travées des chalands qui devaient pourtant s'y presser, chariots pleins, le samedi matin. Quelques-unes des panières à roulettes, abandonnées, plus ou moins remplies, au hasard des allées, confortent l'hypothèse.

— Putain que ça fait du bien... dit Gary, la bouche pleine de foie gras.

Il rit, déglutit, engloutit, rote, fait passer le tout avec une grande gorgée de Saumur bu au goulot. Il est déjà à moitié pété. Sa nénette se lèche les doigts, rit aussi. Elle en est au dessert : des yaourts au fruit, zéro pour cent de matière grasse. C'est Véro qui a le moins mangé. Sa ligne. Eliane Ponçon, par contre, a dévoré avec une énergie insoupçonnable — des salades exotiques grouillantes de maïs et de haricots mexicains, des galettes suédoises beurrées avec des olives, du crabe, des crevettes, des moules (« Les fruits de mer, c'est mon péché mignon »), des gâteaux au chocolat suisses ou allemands, extraits de boîtes métalliques joliment décorées. Par contre elle ne boit que de l'eau minérale, comme Boisgonthier, qui a parlé de son foie et a été relativement modeste. Les trois autres hommes ont surtout tapé sur les charcuteries en boîte et le vin rouge, du bon, du Bordeaux. Mais Germain Ponçon, malgré les recommandations de Gérard, ou peut-être à cause d'elles, pour bien marquer son indépendance vis-à-vis de celui qu'il considère comme un petit con d'écolo, a copieusement pioché dans les bacs réfrigérés du rayon charcuterie, des pâtés en croûte surtout.

— C'est quand même fantastique que tout marche... je veux dire le courant, les...

Véronique rit encore, elle a du rouge aux joues, elle s'anime, manger l'a fait sortir de son apathie, boire surtout, car au point de vue bouteille, elle a serré de près son mec. D'ailleurs est-ce qu'ils ne sont pas tous plus ou moins ivres ? Même ceux qui n'ont bu que de l'eau ? On le serait à moins. Le *Mammouth*, ce temple de la consommation, leur a ouvert ses entrailles, et gratis, en plus. Il les a sauvés, maintenant il les protège de toutes ses lumières impassibles et violentes, de toutes ses marchandises accumulées, de toutes ses étiquettes en couleur.

Le rêve ! Le rêve, au milieu du cauchemar...

— Et pourquoi pas ? grasseye Ponçon. Les centrales électriques, et particulièrement les centrales nucléaires, quoi qu'en pensent certains (coup d'œil à Lefrançois) sont très protégées, et fonctionnent pratiquement en automatique... On peut aussi penser que l'administration militaire (coup d'œil à Lagardère) est progressivement en train de tout remettre en route.

Satisfait de son petit discours, le chauve bombe le torse, disons l'estomac, appuyé à la vitrine des caissons réfrigérés. Ventre plein, angoisse provisoirement dissipée, il recommence à considérer avec une attention très directe la brune aux gros seins, surtout qu'en cet instant de détente menacé d'assoupissement, Véronique, assise par terre contre une pile de boîtes de tomates entières et épluchées en réclame (9 F. 75 deux kilos), écarte largement les cuisses, dans l'ombre assourdie desquelles reluit l'éclair blanc de sa petite culotte.

— Tu viens ? J'ai envie d'explorer les lieux... fait Luc en poussant Gérard du coude.

— Pourquoi pas? Ça ou peigner la girafe...

Gérard aimerait bien oublier qu'ils sont dans un *Mammouth*. Parce que Béatrice... Luc coupe ses pensées en démarrant un sprint.

— Le premier au matériel hi-fi a gagné une TV couleur!

Le rire du rouquin, dont les semelles réveillent des échos dans la cage de résonance de la caverne d'Ali Baba, entraîne celui de son chef d'agence. A bout de souffle, les deux hommes s'écroulent l'un sur l'autre devant une rangée de récepteurs TV allumés sur des écrans désespérément vides. Mais ils s'en foutent. La camaraderie superficielle du boulot est revenue, plus superficielle encore, mais le moment n'est pas aux analyses de comportement. Les deux journalistes errent pendant plusieurs heures à travers les travées, Luc s'attarde auprès des chaînes hi-fi, compare les prix et exprime ses regrets du casse du siècle, désormais inutile.

— C'est vrai que les caisses doivent être pleines. On se sert?

— La reprise individuelle? T'es bien toujours le même anar. Tu dates, mon pote!

— Toi, le coco, tu peux aller à Moscou si ça te chante. Si ça se trouve, le Goum est libre et gratuit, comme ici!

Du côté des lingeries féminines, où de lisses créatures de plastique luisant se cambrent, bombant leur motte aseptique recouverte d'un minimum de transparente dentelle, les deux hommes laissent courir leurs paumes sur des reins et des fesses qui ne frémissent pas, statues d'Apocalypse à la signification ambiguë. Le charme passe vite, Luc éparpille avec une sorte de rage soudaine les nuisettes satinées qu'il était en train de palper, Gérard se renferme sur ses images intérieures, Béatrice, encore elle, revenue en douce. Leur morosité est interrompue un peu plus tard par des hurlements de Sioux, c'est Gary qui débouche à fond de train du bout de l'allée centrale, patinant sur un chariot à roulettes où il s'est juché.

— Chaud devant ! crie-t-il, avant de s'encastrer contre une pile de barils de lessive, autre promotion du jour ultime, qui s'écrase dans un envol de poussière blanche, autre rappel du réel, qui fait signe de tout.

Ensuite ils continuent à trois leur périple dans le temple, Gérard se surprend à supporter l'insupportable Gary, puis il révise à nouveau son opinion lorsque le bellâtre tombe en arrêt devant les armes, enchaînées dans un coin discret.

— T'as vu, là ? C'est la réplique exacte du M 16 américain ! L'arme du Vietnam, modifiée en 22. Ça faisait un bout de temps que je voulais me la payer... (Il laisse fuser son rire sonore). Ben, pour ce qui est de me la payer, là, je vais l'avoir gratuit. (Il redevient sérieux). Sans déconner, on sera bien obligés de s'armer. Vous avez vu jouer *Malevil ?*

Le journaliste va répliquer perfidement qu'il l'a pas vu mais qu'il l'a lu, quand Véronique arrive dans leur dos.

— Alors, les mâles, je vous emmène ?

Elle rit niaisement. Gérard sursaute, il a failli ne pas la reconnaître, tandis que Gary pousse un long sifflement admiratif. Véronique s'est changée, elle a passé une robe du soir moulante en taffetas noir avec des paillettes brillantes, elle a aux pieds des chaussures dorées aux talons invraisemblables, un renard argenté sur les épaules, un chapeau de veuve avec une voilette sur la tête. Une multitude de colliers ruisselle sur sa gorge et ses seins abondamment découverts, elle a des bracelets étagés jusqu'aux biceps, ses yeux quelconques sont maquillés mascara et fluo, sa bouche est un phare vermillon. Elle empeste dix parfums à la fois, Chanel n° 5 compris, elle fait un effet bœuf.

— Venez, les mecs, les autres ont préparé le repas, vous n'avez pas une petite faim?

Pourquoi pas? Ils ont mangé à onze heures, ils peuvent bien remettre ça maintenant, même s'il est à peine six heures. La Véro transformée *Mammouth* intégral s'accroche aux bras de Gary et de Gérard, qui accepte avec bonne humeur ou presque. De près, la nénette à Gary ne sent pas seulement le parfum, mais aussi le whisky. Les autres se sont déjà installés autour d'une table ovale dressée dans le rayon ameublement. Ils ont bien fait les choses: nappe de coutil, serviettes trousseau de mariée, vaisselle imitation Limoges, champagne dans des seaux à glace, mieux qu'à Byzance. La fin du monde, parfois, ça a du bon.

Gérard s'installe dans un fauteuil à haut dossier imitation Louis quelque chose. Il y a même des plats chauds, cette fois, grâce à une cuisinière à gaz alimentée par une bouteille de butane. Gérard attaque de bon appétit un plat de poissons entourés d'un tas de petits légumes. il s'est assis à côté de Mme Ponçon, il lui glisse:

— Je parie que c'est à vous que nous devons ce festin?

Elle rougit, ses grands yeux bleus papillonnent, elle souffle:

— Il fallait bien s'occuper...

Après ils n'ont plus qu'à bâfrer et à boire, à boire et à bâfrer, tous, jusqu'à plus faim, jusqu'à plus soif. Mais plus soif est une notion élastique, surtout pour Gary et Véro, pour Germain Ponçon aussi. L'ex-chômeuse déguisée en comtesse est affalée sur un canapé bleu roi, elle vide coupe sur coupe en suçotant de manière obscène, volontairement ou pas, des asperges qu'elle touille longuement dans un pot de mousseline. La chemise bâillant sur son estomac qui proémine, Ponçon la serre de près, mais il y a Gary qui a posé une main de propriétaire sur la cuisse gainée de la jeune fille, alors il n'ose pas tenter le geste qui le chatouille. Il est de méchante humeur, il n'a pas réussi à trouver la moindre cigarette.

Gérard quitte la table pour aller aux toilettes, où il peut enfin se laver par petits bouts, au moins la figure et les mains. Il ne manque qu'une douche. Et si ça se trouve il y en a peut-être quelque part, au sous-sol par exemple, dans les parties encore inexplorées du bâtiment, réservées au personnel. Mais il a bien le temps de voir... Pour l'instant Gérard bâille, il a surtout envie de se coucher. Et ce ne sont pas les lits qui manquent...

Dans l'espace ameublement, il jette son dévolu sur un classique, sobre et moderne lit « tout mousse » polyester indéformable, qui forme cuvette, cinq coloris (le sien est vert olive), garanti cinq ans. Il l'essaye, il est doux à ses reins et à ses fesses, se rassied en voyant Eliane Ponçon passer, furtive, près de lui.

— Je vais me chercher un petit coin, moi aussi, fait-elle. (Et elle ajoute :) Mon mari est là-bas, il dort déjà...

Peut-être attend-elle un commentaire de Gérard à cette semi-confidence qui en dit long sur les rapports du couple, mais le journaliste ne sait pas quoi répondre, il a trop sommeil. Alors la dame blonde s'éloigne à pas de souris, après un mutuel « bonne nuit ». Ensuite c'est Boisgonthier qui passe, il tient un livre contre sa poitrine, il en montre le titre : *La bâtarde,* de Violette Leduc.

— J'aime beaucoup cet ouvrage… sa violence souterraine. Je l'ai lu déjà deux fois, mais ne dit-on pas jamais deux sans trois ? Et puis il m'aidera à m'endormir. J'ai un sommeil de chat !

Le maire adjoint lui envoie un sourire de toutes ses dents si régulières et si blanches qu'on flaire le dentier, ses yeux myosotis papillotent par-dessus ses verres de presbytie, il se meut à nouveau au milieu d'une douce vague de parfum floral, il a dû trouver à se réapprovisionner au rayon adéquat. Gérard le trouve décidément touchant, et à tout prendre bien sympathique, mais il n'a pas le courage d'entamer avec le vieil homme une conversation littéraire (il n'a jamais rien lu de Violette Leduc), ni tout autre genre de conversation. Il le lui fait poliment savoir.

Après le départ de Boisgonthier, il peut enfin se déshabiller (sauf son slip et son tricot de corps) et se glisser entre les draps qui sentent le propre, sans doute aussi le produit désinfectant. Va-t-il enfin s'endormir en paix ? Non, il ne tarde pas à entendre des halètements syncopés ; c'est Gary qui, dans un lit pas loin, besogne consciencieusement sa copine que Gérard se plaît à imaginer inconsciente d'alcool. Quelques râles assourdis viennent heureusement vite conclure le marathon sonore : Gary doit faire partie de la corporation des éjaculateurs précoces. Et malgré les néons plafonniers qui envoient des éclairs rouges sous ses paupières closes, Gérard s'engouffre dans le sommeil à la vitesse d'un train express qui s'enfonce dans un tunnel sans fin.

C'est l'éjaculateur en personne qui vient le réveiller d'une tape sur l'épaule et d'un claironnant « Au jus là-dedans ! »

Le jus a été fait, effectivement, il est servi à la grande table avec tout un assortiment de biscuits, de brioches en sachet, de petits pains. Byzance ? Peut-être pas, mais au moins le Club Med. Tout le monde s'est levé d'un bon pied et d'humeur égale, sauf Véro qui n'émergera qu'à midi. Les convives s'attardent autour des reliefs, remâchant la sempiternelle question : que faire ? La radio diffuse le même message que la veille, ce qui n'est pas pour atténuer les perplexités. Ponçon serait pour repartir tout de suite, en espérant trouver quelque part en chemin un de ces fameux postes militaires : là ils auront des informations valables. Boisgonthier se montre plus ou moins de son avis, Gary et Lagardère font au contraire valoir que rien ne presse, qu'ici ils sont bien, qu'ils sont peinards, qu'ils ont tout ce qu'il faut sous la main, refrain connu.

— Ouais, ajoute le photographe, on pourrait même attendre tranquillement la fin du monde...

Son trait d'humour passe plus ou moins bien la rampe. La discussion reprend, finalement les rescapés se donnent quarante-huit heures dans le *Mammouth* avant de reprendre la route — sauf urgence. Gary et Ponçon sont parvenus à mettre tous les autres d'accord sur un point au moins : dresser une liste du matériel indispensable à emporter, vêtements, vivres, outillage, armes, et commencer à tout rassembler le plus vite possible. La liste met un certain temps à être élaborée, Boisgonthier en calligraphie à mesure le détail sur un cahier d'écolier, d'une belle écriture régulière, cursive, violette, avec son stylo personnel, un Mont Blanc.

Quand c'est fait, Gary insiste pour s'armer, tout le monde, c'est son dada.

— Parce qu'il faut toujours compter sur d'autres survivants, des pillards qui feront pas de quartier, c'est moi qui vous le dis. Et cette nuit, ce serait même bon qu'on institue des tours de garde...

Les hommes ont du mal à briser la chaîne de sécurité qui protège les fusils, mais elle finit par céder sous un burin. Germain Ponçon choisit un gros fusil de chasse, un Manufrance Falcor à canons superposés. Boisgonthier et Eliane refusent obstinément de s'encombrer d'une arme qui, de toute façon, ne leur servirait à rien, mais Véro accepte un pistolet à grenailles. Gérard et Luc se contentent de carabines calibre 22, et Gary s'approprie une Remington automatique à pompe, un fusil style western, qu'il charge immédiatement et avec lequel il se met à viser des points divers du *Mammouth* en faisant « prrrr... prrr ! » avec sa bouche.

— Avec ça, ils pourront toujours venir ! clame-t-il.

A l'heure du dîner, une bonne partie du matériel a été assemblée, et même transportée dans les deux voitures. Dehors, la ouate a toujours la même figure, et tous les transistors allumés à intervalles plus ou moins réguliers répètent invariablement le message en boucle.

— Vous savez à qui ça me fait penser, la situation ? lance l'intarissable Gary qui dévore une gigantesque assiettée de paëlla Garbit. A un film que j'ai vu... *Zombis,* ça s'appelait. Croyez-moi ou pas, mais c'est exactement comme pour nous, il y a un groupe d'hommes enfermés dans un supermarché, et ils sont assiégés vous devinerez jamais par qui ?

— ...des zombis ! ricane Luc qui l'a vu aussi.

— Exactement ! Des zombis, des morts-vivants, quoi, à moitié pourrissants, vous voyez le genre. Et les mecs, les humains, je veux dire, doivent les dégommer à coups de M-16. Parce que ces morts-vivants peuvent quand même être tués une seconde fois, si on leur plombe le cerveau. C'est canon, comme film... On voit les têtes éclater, des citrouilles quand on shoote dedans, ça gicle de partout... Vachement bien faits, les trucages, je vous dis pas...

— Quelle horreur ! soupire Eliane qui n'en a jamais tant vu.

Gérard lui sourit avec une sympathie distraite. Eliane

s'est changée, elle a quitté ses vêtements B.C.B.G. pour un blouson et un pantalon en velours gris bleu, un ensemble qui va bien avec son teint, ses cheveux, ses yeux. Eliane est peu à peu sortie de sa réserve, elle s'anime, elle va même jusqu'à éclater d'un vrai rire frais à cet échange entre Boisgonthier et Lagardère :

— Vous savez que vous portez un bien beau nom ? Un nom de mousquetaire... en garde, Lagardère !

— Ouais, et si je m'appelais Jean-Luc au lieu de Luc, je serais P.-D.G. de Matra !

Véronique Jeandrot elle aussi soulève quelques vagues, mais elle, c'est l'alcool qui la porte. A la fin du repas, qui traîne, elle déclare qu'elle va faire un strip-tease. Germain Ponçon est le seul à manifester en applaudissant. Véro porte toujours sa robe du soir, qu'elle a agrémentée de gants noirs qui lui montent jusqu'au coude. C'est eux qu'elle commence à enlever, en ondulant des hanches et en jouant avec la masse désordonnée de ses cheveux. Un premier gant atterrit sur les genoux de Ponçon, l'autre rate Gary, qui en profite pour faire à nouveau valoir sa culture cinématographique :

— La grande Rita Hayworth dans *Gilda !*

La comparaison est plus que flatteuse, Véro n'atteint pas à ces grandeurs-là, elle est plutôt godiche. Quand la robe tombe sur ses chevilles, révélant un bustier noir, Ponçon y va à nouveau de ses applaudissements frénétiques. Véronique se débat un moment avec les lacets, détache son bustier. Elle est en bas, slip et soutien-gorge noirs, et c'est quand même vrai qu'ainsi elle fait un certain effet, bien que paradoxalement elle en paraisse gênée.

— Allez ! Enlève-le, quoi ! jette Gary, aussitôt soutenu par Ponçon.

La brune hésite, replie ses bras dans son dos. Son soutien-gorge glisse, libérant un raz de marée mamelu.

C'est vrai qu'elle a des gros seins, des loches pas possibles, qu'elle retient sous ses bras croisés, faisant pointer vers les spectateurs les larges aéroles brun-violet qui ressemblent à des yeux reflétant un regard chagrin. Mais bon — ce n'était pas si mal, et au moins elle n'a pas mis les doigts dans son nez. Tout le monde tapote dans ses mains alors que la strip-teaseuse opère une retraite trébuchante vers sa « chambre ». Gary la suit avec un sourirc canaille.

— Vous, je sais pas, mais moi, ça m'a donné des idées !...

Boisgonthier lance un regard navré (il y a peut-être autre chose dedans) à Luc Lagardère. Mais la fin de l'exhibition a sonné l'heure du coucher. Tout le monde gagne son coin, et alors qu'il est déjà au lit, Gérard entend, de l'autre côté de la paroi de contreplaqué qui l'isole, la voix de Germain Ponçon s'adressant à sa femme :

— Ça ne t'a pas donné des idées, à toi aussi ?

Il n'entend pas la réponse chuchotée, mais il est net qu'Eliane Ponçon ne partage pas les idées de son époux. Gérard en est soulagé, sans vraie raison. Les bruits peu à peu s'éteignent sous la voûte du temple, encore une journée de passée. Gérard ne cherche qu'une chose : dormir. Il la trouve, il s'endort, sous les rails parallèles des néons.

Quelque chose le réveille.

Pendant quelques secondes il ne sait plus où il est, et quand la mémoire lui revient, il ne sait pas encore ce qui l'a réveillé. Il se redresse, ses paupières battent. Et il comprend. Alors son cœur accélère dans sa poitrine. Pas loin de lui, une voix féminine chevrote une phrase mouillée de sommeil et d'angoisse revenue. Gérard s'assied dans le noir. C'est ça qui l'a réveillé : l'obscurité.

Pendant que les rescapés dormaient, les lumières du *Mammouth* se sont éteintes.

SUR LA ROUTE

— Mais qu'est-ce qui se passe encore?

— Pourquoi il n'y a plus de lumière? Quelqu'un a touché quelque chose?

— Eclairez! Mais éclairez, bon Dieu!

Pendant un moment les exclamations s'entrecroisent. Puis un, deux, trois faisceaux poudreux trouent l'obscurité, jouant assez joliment avec le décor qui sort de la nuit par fragments éclatés lorsque les lampes torches qui, heureusement, faisaient partie de la liste, touchent un pan de tissu d'ameublement, une façade de bois verni, cherchent à suivre un visage effaré. Gary surgit, complètement à poil, sa Remington d'une main, une grosse lampe de position de l'autre, qu'il élève au-dessus de sa tête.

— Tout le monde est là? fait-il du ton d'un adjudant qui rassemble sa section.

Ceux qui n'y étaient pas ne tardent en tout cas pas à émerger de l'ombre — Eliane Ponçon et Boisgonthier en dernier, parce qu'ils ont pris le temps de s'habiller.

— Tout le monde s'est foutu de ma gueule quand j'ai proposé qu'il y ait des tours de garde...

Il passe près de Gérard, toujours assis sur le rebord de son lit, et qui a une vision surréaliste de la queue d'une taille plus que confortable de l'homme nu, qui bat ses cuisses en mouvement. Gary s'éloigne, plein de l'assurance factice que lui procure son arme.

— Des tours de garde... ricane Luc Lagardère. Personne a touché à rien. Tout s'est éteint parce qu'il y a plus de jus, c'est tout. Vous imaginiez quoi ? Que tout allait marcher à perpète, comme avant ?

— Il s'est peut-être passé quelque chose de nouveau, dit Ponçon, qu'une quinte interrompt. La radio ! Ecoutons la radio...

Un transistor est allumé, les têtes se penchent sur son œil vert, mais la voix anonyme qui emplit le silence, si nette, si calme, si posée, si proche, à croire que celui qui parle est tout près, au milieu d'eux, n'apporte aucun élément nouveau. Quand même, il y a une précision supplémentaire dans les recommandations.

— Pour ce qui est du sud-est du pays, ceux qui le peuvent doivent gagner la frange côtière, où des camps de regroupement provisoires placés sous autorité militaire ont été installés, notamment aux abords de Nice, Toulon et Montpellier. Vivres, abris, soins et informations détaillées seront délivrés sur ces lieux de regroupement. Nous répétons : la population peut désormais être tout à fait rassurée. Tout risque...

La voix se brise sur un coup de pied de Luc, qui vient d'envoyer valdinguer le poste au milieu d'une travée.

— Putain... vous avez entendu ? Des camps ! Ils ont bien dit des camps ! A croire que ce bon vieux Hitler est revenu !

— Vous êtes complètement parano, mon pauvre ami, bredouille Ponçon. C'est la guerre... ou c'était. Il me semble que vous l'oubliez un peu. Il faut bien que les réfugiés... Non, moi, ce que je comprends pas, c'est pourquoi nous n'avons pas encore entendu de message officiel. Une déclaration du Président. Ou du Premier ministre. A moins bien entendu que tout le gouvernement...

— Vous croyez qu'ils y sont tous passés, c'est ça? ironise Gérard qui est en train de lacer les chaussures de marche grand luxe pour lesquelles il a opté en abandonnant ses bottines fatiguées. Pensez-vous! Ce sont les premiers à se mettre à l'abri. Et des abris, il y en a sous chaque ministère, alors ne vous faites pas de soucis pour eux. En ce moment, on se consulte, je parie. Et quand ces messieurs auront conclu sur notre dos des accords avec le reste de la planète, ils ressortiront, vous en faites pas...

Un petit cri pointille le discours marmonné du journaliste. Eliane, comme il se doit. On la voit se comprimer la poitrine dans les feux croisés de deux lampes de poche, mais ce qui l'a fait crier n'est rien de plus que le retour inopiné de Gary qui prend la pose, crosse sur la hanche et génitoires en bataille.

— Y a rien... tout est calme, fait-il en guise de rapport. On a plus qu'à retourner se coucher.

— Ah! non, alors... jette Eliane en se gardant bien de lever les yeux vers le nudiste. Moi, je ne veux pas rester une minute de plus dans cet endroit. Il me donne la chair de poule. Si en plus vous ne nous aviez pas raconté ces histoires de zombis...

Personne n'a le courage de rire. Le débat s'étiole, personne n'éprouve plus véritablement l'envie de rester dans le temple obscurci. Il est six heures moins le quart, l'aube d'octobre ne va pas tarder à se lever. Ponçon propose tout de même un vote, Gary est le seul à faire la mauvaise tête, il est contre, il hésite, s'abstient. Les autres font bloc. Il y a encore quelques caisses à charrier, mais les deux voitures ne sont pas extensibles. Un dernier balayage lumineux sur les pyramides de boîtes de conserve, les pylônes de lessive en paquet, tous ces mannequins présentant la mode d'automne et qui leur font des signes d'adieu...

— On était quand même pas mal, hein? goguenarde

Luc à l'oreille de Gérard alors qu'ils franchissent une dernière fois le seuil, chargés de bouteilles d'eau minérale.

Gérard lui envoie une grimace, ils s'enfournent dans les deux véhicules dont le moteur tourne déjà, les phares giclent, se dissolvent à quinze pas dans la ouate cendreuse. Les conducteurs embrayent, Gary n'oublie pas de faire hurler sa première. Veuf de ses colliers de lumière, le *Mammouth* dans leur dos est une ombre immédiatement bue. Et c'est la route, vers nulle part.

Vers huit heures, après deux heures à avancer à vitesse réduite avec d'innombrables détours pour éviter les villes, ils se sont arrêtés pour casser une petite croûte à base de biscottes, de biscuits, de fruits en pots. A droite un champ clôturé, à gauche pareil, et la ouate par là-dessus. Dans cet hiver hors saison, avec sa neige sèche, des corbeaux croassent. Ils ne les ont pas vus, mais ils les entendent, « *Croaaaa... Croaaa... Croaaaa...* », un rappel insistant d'une vie invisible qui résiste, quelque part dans l'étouffement blanc. Parfois les croassements circulent dans l'atmosphère, d'autres fois ils proviennent du ras de terre, des champs. Au début les rescapés ont sursauté, se sont étonnés, puis ils s'y sont faits. Pourquoi des corbeaux n'auraient-ils pas survécu ? Il y a des tas de bêtes plus résistantes aux radiations que les hommes, tout le monde sait ça. Tout le monde le sait un peu trop. Est-ce que c'est bien prudent de s'asseoir ainsi au bord de la route ? Certains d'entre eux, il n'y a pas si longtemps, ont vu à la télé ces reportages sur les suites de Tchernobyl, où sur des points chauds éloignés de plusieurs milliers de kilomètres de la centrale russe, l'herbe des bords de route présentait un taux élevé de rems parce qu'elle avait concentré l'eau de pluie contaminée...

Oui. Mais c'est bien loin, bien misérablement petit, Tchernobyl, à côté de ce qui est arrivé. Ce qui est arrivé... et dont on ignore tout. Gérard Lefrançois se ronge l'ongle du pouce, il recommence à se demander si les informations plus que fragmentaires, le mutisme des autorités, ne cachent pas finalement, comme il l'avait soupçonné dès le départ, un gigantesque accident dans une centrale française, Superphénix par exemple qui n'est pas si éloignée.

— Bon Dieu de bon Dieu... je ne sais pas ce que je donnerais pour avoir une cigarette !

Ça, c'est Ponçon, bien sûr. Il s'était calmé pendant le séjour au *Mammouth*, mais maintenant le manque de drogue revient le tarauder, et il en fait profiter les autres.

— Hé ! mais nous avons un visiteur...

Boisgonthier — qui provoque par sa réflexion un sursaut généralisé. Mais le visiteur annoncé n'est qu'un chien, un petit chien bâtard qui vient d'apparaître dans la ouate, par la route. Il hésite, ses oreilles remuent, il agite la queue, avance pas à pas vers la rangée d'humains, ces ombres géantes. Le maire adjoint se lève, va à sa rencontre en tendant une biscotte. Le chien courbe l'échine, s'aplatit.

— Mais c'est un bon chien-chien, ce petit, minaude Boisgonthier.

— Faites attention ! lance Eliane.

Son avertissement est venu trop tard. Le clebs a bondi vers la main offerte, les mâchoires se referment sur le poignet du vieil homme. Boisgonthier se débat, mais l'animal gronde, il ne veut pas lâcher prise. Avec retard les assistants se lèvent, courent à la rescousse de l'ami des bêtes. C'est Luc qui arrive bon premier, il lui faut trois coups de pied lancés de toutes ses forces pour que l'animal lâche enfin prise. Ce n'est qu'un petit chien de rien du tout, jaune et maigre, aux yeux fous, mais il reste là, le poil hérissé, à deux pas du groupe, continuant à gronder.

— Merci, Luc, souffle Boisgonthier.

Il est tout pâle, il se tient le poignet, il a fermé les yeux. Luc veut dire quelque chose, une détonation lui coupe le sifflet, il a senti l'air vibrer à deux doigts de son nez, le goudron de la route laisse fuser un jet de matière pulvérisée loin en avant du chien, qui détale enfin pour se perdre dans la ouate. Luc se détourne. Gary, resté en arrière, est debout sur le capot de sa Toyota, sa Remington fumante à la main.

— Tu sais que t'as failli m'éclater la tête, pauvre connard ? fait Luc froidement.

— C'est ça, engueule-moi ! Il avait peut-être la rage, ce chien...

La rage ? Eliane aide Boisgonthier à remonter ses manches. Le blessé desserre les doigts, son frêle poignet est vilainement marqué par les crocs, le sang ruisselle sur le dos de la main blanche, où saillent les veines.

— Je vais chercher de quoi vous panser, dit Eliane qui retourne vers les voitures.

— Vous avez remarqué s'il bavait ? demande Ponçon, incertain. Moi, il ne me semble pas, mais...

— Moi non plus, affirme le petit homme. C'était un pauvre chien affamé et affolé, c'est tout.

Eliane est revenue avec la trousse de secours cédée par le *Mammouth*, elle nettoie la plaie à l'alcool, enveloppe le poignet lacéré d'un pansement impeccable. Elle a vu le regard de Gérard Lefrançois détailler ses gestes. Elle rougit. Son index s'enroule autour d'une de ses boucles, un mouvement plein d'une grâce charmante et futile.

— J'ai suivi des stages de secourisme, vous savez...

L'incident se clôt ainsi. La rage, on essaye de l'oublier. Les deux voitures se redécollent de la bordure. Cap au sud.

Gary braque et freine en même temps, si soudainement que la Land Cruiser dérape avec un crissement aigu. La roue avant droit bascule dans un fossé, le véhicule s'immobilise de guingois. Gérard, qui était monté devant, se rattrape à la manche du conducteur, mais sa tempe heurte quand même le montant de la portière. Il ravale la réflexion cinglante prête à jaillir. Pour une fois, Gary a eu le réflexe qu'il fallait.

– Merde! soufflent en même temps les deux hommes.

Les phares à pleine puissance déchiquettent leurs ombres à travers le pare-brise de la Toyota, le flanc bâché frôle son côté gauche, la route tremble, il est passé, une seconde batterie de phares crève la ouate, les éclabousse, une seconde muraille vert sombre les effleure, se fond vers l'arrière, tandis qu'une troisième...

– L'armée! C'est l'armée...

Gary s'étrangle, il pousse Gérard pour le faire descendre côté fossé. Les deux hommes pataugent dans une fondrière clapotante avant de pouvoir reprendre pied sur la route. Combien de camions sont passés? Cinq, dix? En tout cas le défilé continue.

– Hé! Hé! Arrêtez! hurle inutilement Gary en agitant les bras.

François ne se donne pas cette peine. Ponçon lui aussi est descendu, le journaliste le voit faire des signaux désespérés dans la douche intermittente de lumière, pour un peu il se jetterait sous les roues des véhicules. Eux passent, passent, il y en a vingt, trente, fantômes d'acier grondant puant l'huile et le gas-oil, crachés par la ouate et aussitôt avalés. L'armée!... Qui n'a que faire d'eux. Les camions défilent, murés, pointillés de feux de position, avec leur cabine si haut perchée, aux vitres si mâchurées de boue que les rescapés sont incapables d'y discerner la moindre silhouette. Des fantômes aveugles, aveuglants.

– Merde... murmure à nouveau Gary.

Le grondement a été remplacé par un ferraillement cacophonique, un bruit de poubelles remuées. Et le premier char apparaît, dinosaure émergeant de la nuit des temps. Il passe, il est passé enrobé de son vacarme, et déjà un autre apparaît, précédé de son interminable canon emmailloté de toile camouflée qui pendille. Ce sont maintenant les chars qui défilent au ras des deux voitures, mais plus que des tanks ce sont des images de guerre qui se dévident, traversant l'écran blanc de la ouate à vingt-quatre images-seconde. Après le dernier char une jeep ferme le convoi, petit scarabée aux élitres opaques, aveugle comme ses grands frères aux bras qui s'agitent, et puis plus rien. La projection du vieux film a cessé, le grondement ferraillant se perd dans l'étouffoir, la route est vide à nouveau, aussi vide que si rien ne l'avait parcourue. Fantômes.

Gary et Lefrançois voient Ponçon trotter jusqu'à leur niveau, l'homme fait des gestes dans la direction où se sont évanouis les spectres d'acier, il s'éponge le front, sa bouche s'ouvre en cul-de-poule, mais aucun mot ne peut en sortir. D'ailleurs il n'est pas besoin de mots.

— Allez ! En route... jette Gary.

Que faire d'autre ?

La deuxième rencontre importante de cette journée d'errance n'a lieu que dans le courant de l'après-midi. Mais matin, après-midi, aube ou crépuscule, rien ne ressemble à rien dans le linceul poudreux. Ils ont encore fait demi-tour dix fois, se sont encore perdus malgré les cartes. Ce qui est sûr cependant, c'est qu'ils ont dépassé Bourg-en-Bresse et sont maintenant à hauteur de Lyon, dont ils ont décidé de se tenir au large. Ils ont évité plusieurs grandes routes encombrées de véhicules abandonnés, ont fait un autre arrêt casse-croûte vers 14 heures. Et c'est peu après être repartis qu'ils ont croisé la seconde matérialisation d'une survivance humaine depuis leur sortie de la caverne.

Le scénario est le même que lorsque le convoi militaire a surgi de la ouate. Coup de freins brusque, portières qui s'ouvrent...

— Vous avez vu? Ils ont continué? Ce n'est pas possible qu'ils ne cherchent pas à...

Ponçon est excité, rouge, suant comme jamais.

— Vous cassez pas la tête, fait Luc. Regardez... Les voilà! Ils reculent...

De la ouate, à une douzaine de mètres en amont de la route, deux yeux rouges émergent. La voiture suit, une ombre qui se précise: c'est une banale 104 qui stoppe au bout de deux ou trois mètres.

Une banale 104 qu'ils viennent de croiser et qui s'est arrêtée, comme eux. D'autres rescapés, comme eux. Ou au moins un, qui fait comme eux, qui erre dans la ouate. La 104 bleu marine est immobile à dix mètres. Une voiture jouet enveloppée dans du coton. Et d'où personne ne sort.

— Mais qu'est-ce qu'ils foutent, bon Dieu? grasseye Ponçon.

— Vous êtes marrant... répond Gérard. C'est peut-être un type tout seul. Ou une femme seule. Le conducteur se méfie. Nous sommes sept...

— Bien sûr... vu comme ça... grogne le P.-D.G.

Il regarde sa femme, qui regarde François, qui regarde Luc, qui regarde Boisgonthier. La 104 ne se décide pas à prendre vie. Ses feux arrière sont restés allumés, son moteur halète, avec des ratés.

— Bon, je vais voir, se décide Ponçon, de plus en plus électrique.

Il avance d'un pas, de deux, de trois. Et la portière avant gauche de la voiture s'ouvre brutalement. Quelque chose en dépasse, un bras, un bâton, une arme, Ponçon et Lefrançois seraient bien incapables de le dire.

Ils ont à peine pu enregistrer le mouvement qu'aussitôt une détonation retentit, suivie immédiatement d'une seconde. La portière claque, le moteur rugit, la 104 s'arrache du bitume en miaulant, en deux secondes elle a disparu, en dix le bruit de son moteur a été étouffé par la ouate. Ponçon, et Gérard qui le suivait de près, sont restés interdits le temps de quelques battements de cœur. Le visage brique, Ponçon fait volte-face, il se jette sur Gary qui se dandine sur place, sa carabine à la main. Ponçon empoigne l'arme, il hurle :

— Il a encore fallu que tu joues les Zorro, pauvre malade ! Tu as vu ce que tu as fait ? Donne-moi ce fusil !... Donne-moi ce fusil, je te dis !

Les deux hommes luttent un court moment, plus ridicules que tragiques. Puis Ponçon part en arrière, atterrit durement sur le cul.

— Faut pas s'amuser à ça avec moi ! fait Gary avec superbe.

Ponçon se relève en s'époussetant le derrière. De brique, il est passé à l'aubergine. Les autres s'interposent, principalement les dames des pugilistes, et Boisgonthier, toujours là quand il s'agit d'arrondir les angles. La tension mollit, elle ne reste plus présente que dans les regards. A Boisgonthier qui l'interroge, Gary répond :

— J'ai tiré parce que l'autre tordu dans la bagnole a tiré d'abord... Vous êtes tous aveugles, ou quoi ? Et si Ponçon avait pris du plomb dans le bide ? On serait bien avancés...

L'autre aurait tiré en premier ? Gary a du mal à convaincre. Ce n'est pas lui, et lui seul, par hasard, qui aurait lâché les deux coups de fusil ? Il proteste, mais il a le précédent du chien contre lui, sans compter tout ce qu'on devine du personnage. Pourtant, personne ne peut être certain de quoi que ce soit. Tout s'est passé si vite...

— Dire qu'on avait l'occasion de parler à quelqu'un...

fait Ponçon, la lippe amère, en se rencognant derrière son volant.

Il démarre, cette fois c'est lui qui prend la tête du convoi. Pas pour longtemps. Après moins d'un kilomètre de route, les passagers de la Toyota le voient se ranger le long de l'accotement. La trogne chauve se penche à la portière.

— Panne sèche! maugrée le conducteur.

— T'as qu'à piquer une autre bagnole, c'est pas ce qui manque!

C'est vrai qu'ils ont dû prendre ce qui paraît bien être une route nationale, peut-être la 75 puisqu'il n'y a pas si longtemps qu'ils ont contourné Ambérieu, et que la ouate recèle d'innombrables véhicules tapis dans sa bourre. Mais Ponçon s'obstine, il ne veut pas abandonner sa Lancia, il ne l'a pas fait jusqu'ici, ce n'est pas maintenant que. Ce cher Danielli n'aurait pas un bidon planqué dans sa Toyota, par hasard? Le cher Danielli, plus connu sous le surnom de Gary, rétorque qu'il fonctionne déjà sur sa réserve et que lui aussi a besoin de jus. Toujours plein de verve, Lagardère propose d'aller sucer une bagnole abandonnée.

— Abandonnée? relève Ponçon. T'en as de bonnes... Je me vois mal siphonner avec une cargaison de cadavres qui me regarderaient du coin de l'œil...

— Au moins ils protesteraient pas, réplique Luc.

— Ecoutez, fait Gérard pour couper court à cette comédie à la Feydeau dont il craint les infinis développements, il me semble bien que nous avons dépassé une station service, y a... je ne sais pas, deux ou trois cents mètres, sûrement pas plus. Retournons avec la Toyota, on fera le plein et on ramènera des bidons...

Gary n'est évidemment pas chaud, et ça discutaille encore un peu, pour le principe, mais quand même la proposition est acceptée. Gary redémarre en faisant la gueule, Lefrançois fait partie de l'expédition, et bien entendu Ponçon, qui a aussi parlé de cigarettes. Les femmes ont préféré demeurer dans la Lancia, avec Boisgonthier et Luc.

Il s'avère rapidement que Gérard a eu raison. Une bifurcation évide l'accotement droit, signalé par un large panneau TOTAL. La Toyota s'engage dans la dérivation, ralentit, s'arrête devant les pompes, alignées sous un auvent qui se devine plus qu'il ne se voit. Les trois hommes échangent ce genre de regard qui pèse un sacré poids de signification. Contre la plus proche des pompes un homme est effondré, ventre contre le sol. C'est un type en combinaison rouge drapeau, un pompiste. Un peu plus loin, une forme moins définie déborde de la portière ouverte d'une Wolkswagen jaune. Une femme, ensevelie dans un imper flottant d'où s'échappe une masse de cheveux roux. Dans la Toyota, les souffles sont ralentis à l'extrême. Ces deux cadavres, ce sont leurs deux premiers vrais morts, ceux qu'ils pourraient toucher en faisant trois pas et en se penchant.

— Ils ont été séchés net... murmure Ponçon. Et pas de trace nulle part. Moi je vous dis que c'est une bombe à neutrons. Une flopée de bombes tactiques, qu'ils ont lâchées partout.

Gérard ne se donne pas la peine de lui faire préciser qui ça, « ils ». Il se contente de rappeler aux autres qu'il faudrait peut-être bien y aller. Avec du plomb dans les muscles, comme s'ils craignaient de se faire mordre par les cadavres, zombis, ils passent au large des pompes inutiles par manque de courant, contournent le parallélépipède des boutiques. Il faut aller directement aux cuves. Ils les trouvent derrière le bâtiment et, après des manœuvres pénibles et peu intéressantes, ils parviennent à pomper de quoi remplir une douzaine de jerricanes de dix litres, qu'ils casent à l'arrière de la Toyota.

— Attendez… expire Ponçon alors que Gary se réinstalle déjà derrière son volant. Mes cigarettes… Je vais voir si j'en trouve à la boutique.

Les deux autres l'accompagnent, ils flânent un moment entre les présentoirs à chocolat, à vin, à boîtes de pâtés régionaux. Tout paraît si normal ! Ils s'attardent devant l'éventaire aux journaux. La couverture de *Paris-Match* représente Lady Di et son prince, le *Figaro Magazine* titre : *Que nous prépare la gauche*… Elle ne prépare plus rien, et Lady Di est peut-être raide morte, son sourire idiot coincé sur sa bouche figée. Les journaux sont figés, eux aussi, ils n'ont pas suivi l'actualité, ils en sont restés au jour précédant l'Apocalypse, une mine pour les sociologues du futur, à supposer qu'il y en ait.

Ponçon enjambe un corps allongé à l'angle de la caisse de la boutique. On s'habitue vite. Les deux autres l'entendent crier :

— J'en ai trouvé ! J'en ai trouvé…

Il brandit quelques paquets puisés dans des tiroirs, il serait capable de détrousser un cadavre plus que mûr pour pouvoir fumer. Mais quoi ! Sa joie, qui lui fait trembler les mains, vaut bien un sourire de sympathie. Il s'allume sa première tige depuis quatre jours, il aspire sa première bouffée. Alors qu'il la rejette, les yeux clos, au comble de la jouissance, un curieux petit cri se fait entendre, venant du sol.

— Qu'est-ce qu'il y a ? T'as entendu ? sursaute Gary.

— Crouiiiie !

Cette fois ils ne font pas qu'entendre, ils voient. Une bête gris noir, au pelage luisant, se dandine au centre de la travée qui leur fait face. Un rat, un gros rat confortablement gras, qui lève sans émotion ses yeux glaireux vers les trois hommes, tandis que son museau rose frémit.

— Saloperie ! crache Gary en lui balançant un coup

de la pointe de ses rangers. Le rat est projeté sur plusieurs mètres, il se relève aussitôt, il couine de plus belle. Gary répond par un cri aigu, de surprise plus que de douleur. Un autre rat s'est agrippé au bas de son pantalon, juste au-dessus de sa chaussure.

— Aidez-moi ! Il me mord... hurle l'homme en balançant sa jambe d'une manière qui pourrait être comique.

Mais l'animal ne lâche pas prise, ses petites pattes roses curieusement humaines étreignent farouchement tissu et cuir, son obscène queue glabre fouette l'air au gré des mouvements désordonnés de Gary. Un vrai parasite, un vampire attaché à sa proie.

Et c'est Gérard qui parvient à assommer la bête d'un coup de pelle. Mais ce ne sont plus deux rats seulement qui arpentent les travées de la boutique. Il y en a maintenant dix, vingt, toute une masse compacte pointillée d'yeux féroces, qui barre aux trois hommes l'accès à la sortie.

— Par là ! lance Ponçon.

A sa suite, les rescapés franchissent la porte qui s'ouvre derrière la caisse. Ils sont dans une sorte de cage vitrée donnant sur l'extérieur, le bureau d'accueil de la station-service. Gary et Gérard se sont adossés à la porte pour la bloquer. Un rat s'est retrouvé coincé dans le battant par le milieu de son corps. Il couine horriblement. Les deux hommes poussent, poussent, quelque chose cède en craquant, le couinement est coupé net, la porte peut enfin s'engager dans son chambranle. Gary et Gérard ne se donnent pas la peine de regarder ce qui reste à leurs pieds. Ils ont bien autre chose à voir dehors.

Dehors, sous l'auvent, autour des pompes, ce n'est pas dix ou vingt rats qui s'agitent, mais des centaines, peut-être des milliers de rongeurs.

Combien de temps qu'ils sont piégés dans la cage de

verre? Même pas un quart d'heure. Pour les trois hommes, cela pourrait aussi bien être des heures. Dehors les rats continuent de grouiller. Une mer de rats, dont les dos de toutes les nuances de gris ondulent jusqu'aux limites rapprochées de la ouate. Une houle, dont les vagues ont recouvert les corps (elle a fait plus que les recouvrir, naturellement), et dont l'écume vient battre les vitres de la cage: moustaches frétillantes, terribles petites pattes d'un tendre rose dont les griffes crissent contre le verre, museaux qui s'ouvrent sur de grandes incisives jaunes, lumière démente brillant au creux des yeux orange.

— Si j'avais pas laissé ma Remington dans ma tire... répète Gary.

— Et t'aurais fait quoi, avec ta Remington? répète Ponçon.

Gary ne répond pas, il continue d'examiner son mollet, où les dents du rat ont laissé un pointillé rouge qui ne paraît pas gravissime.

— Bordel de merde... pourvu que j'aie pas attrapé la rage...

Pour ça aussi, il se répète. Gérard a envie de lui dire que s'il l'a attrapée, il fera la paire avec Boisgonthier. Il se retient. Ce n'est pas drôle, et puis il aime bien le vieux maire adjoint. Il se demande seulement d'où sont sortis tous ces rats. De la ville proche, Lyon, probable. Quand les rats quittent le navire, c'est bien le signe que tout est foutu. Belle découverte! Il y en a tant et tant que ce grouillement est irréel, qu'on dirait un trucage, des rats de cinéma. Gary devrait apprécier. C'est même étonnant qu'il n'ait pas sorti une de ses références...

Mais Gary est loin du cinéma. Il se masse la cheville, il cherche dans sa mémoire quels sont les symptômes de la rage, les premiers signes avant qu'on en arrive à perdre la boule, à baver, à mordre. Il ne sait pas. Si au moins ça avait été un des deux autres... Mais non! il a fallu que ça tombe sur lui. Il n'a pas de bol. En plus il est entouré de minables. La fin du monde, et il se trouve avec une bande de charlots. S'il avait été seul, ou disons seul avec Véro, il y a longtemps qu'il aurait taillé vers le sud, qu'il serait au bord de la mer. Il doit faire beau, là-bas. Il y a sans doute quelques survivants, peut-être des bandes. Mais avec son flingue il saurait se faire respecter, entraîner des mecs avec lui, ouais, devenir un chef de bande, avoir sa place, une première place, dans le dur univers d'après la bombe. Comme Charlton Heston dans *Le survivant*.

Chassez le cinoche, il revient au galop.

Ponçon, lui au moins, ne se fait pas de cinéma. Il sait, il sent qu'il n'y aura pas de nouveau monde. Il sait qu'il n'est plus rien, qu'il n'aura plus jamais ce qu'il aimait, l'odeur du fric à la fin du mois, la considération des notables, ses petites virées loin de sa bourgeoise, les filles faciles et pas trop chères, comme Charlotte, celle de Bourg-en-Bresse, la dernière, qui lui faisait des pipes pas sales. Ici, il y a quand même Véronique, la grosse à Danielli... Il est sûr que c'est une fille de ce genre. Facile, pas emmerdante, bonne au lit: il n'y a qu'à la regarder. S'il osait... Ouais, seulement Véronique, elle est séparée de lui par une horde de rats... Ils font quoi, les autres, là-bas? Depuis le temps, ils devraient bien se rendre compte que quelque chose ne tourne pas rond, prendre une autre bagnole, venir à leur secours... Oui, il suffirait qu'une voiture vienne s'arrêter juste devant la porte vitrée et...

— Depuis le temps, les copains doivent bien se douter qu'on est dans la merde, non? Si le petit Lagardère avait un gramme d'idée et d'initiative, il prendrait une voiture et viendrait jusqu'ici. C'est pas sorcier, il se pointe, il nous cueille au ras de la porte, et bonsoir!

Sa proposition n'hérite que d'une paire de regards accablés. Il a oublié que les autres n'ont pas de jus. Il cracha le mégot qui lui brûle les lèvres, allume immédiatement une autre cigarette, la quatrième ou la cinquième depuis la découverte des paquets providentiels. Il faut bien rattraper le temps perdu, et c'est au moins ça que les rats n'auront pas... *Clang!* L'un d'eux vient de sauter contre la vitre, ses pattes ripent une seconde sur le verre, puis il retombe dans la mêlée. Saloperie! Il s'imaginait quoi, celui-là? Et est-ce qu'il ne ferait pas plus sombre? Bon Dieu! Il est pas loin de 6 heures, la nuit va tomber.

— La nuit va tomber... fait Gary, en phase.

Ils se regardent, ils la regardent doucement s'épaissir, jusqu'à ce que...

— Une voiture ! Une voiture ! se met à gueuler Ponçon. C'est pas malheureux!...

Gérard plaque son visage contre la vitre sur laquelle son front gras laisse une auréole. La houle des rats se creuse de canyons divergents, de crevasses qui s'élargissent. Ce ne sont plus des museaux qui se pressent derrière la vitrine, mais des croupes, des queues, qui se heurtent en prenant du champ.

— Ils foutent le camp! Ils se tirent! hurle Gary.

Les dos des rats ressemblent à une nuée de taches d'encre qui crépitent, à des bourrons de poussière qu'un vent soudain fait voleter. La flaque de lumière venue du fin fond de la ouate balaie la multitude, il n'y a bientôt plus un seul rongeur visible. Ils sont partis aussi vite qu'ils étaient apparus, ne laissant entre deux pompes qu'un squelette imparfaitement nettoyé, dont les côtes apparentes ricanent.

La lumière sourde, épaisse, huileuse, s'élargit encore devant la station. Mais elle n'éclaire pas vraiment, ce n'est guère plus qu'un badigeon moutarde qui nimbe sans les ombrer les quelques structures verticales qui sortent de la ouate.

— Ce n'est pas une voiture... murmure Gérard. Ce ne sont pas des phares.

Il lève le regard, la flaque huileuse paraît plus fluide, plus claire, vers les hauteurs où elle se dilue.

— Ça vient d'en haut... grogne Ponçon. Mais bien sûr ! C'est un hélico ! L'armée !...

Il ouvre la porte, se précipite sur le parvis. Gérard a eu un geste avorté pour le retenir, mais les rats sont bien partis. Il voit le bonhomme se démancher le cou, le visage safrané. Il sort à son tour, Gary sur ses talons. Eux aussi regardent en l'air. Mais il n'y a rien à voir, que le plafond de brume où coule sans la disperser l'épais flot jaune. Et pas le moindre bruit ne fouaille l'atmosphère. Il n'y a pas d'hélicoptère, seulement cette lumière sans clarté qui vient de nulle part. Gérard sent ses cheveux se hérisser sur son crâne, un bizarre fourmillement remonte le long de sa colonne vertébrale. Il dévisage Gary, Gary a les cheveux qui se dressent au-dessus de sa tête. Il passe la main sur son crâne, ses cheveux à lui aussi sont électrisés, magnétisés, il ne sait pas : il a vraiment les cheveux qui se dressent, ce n'est pas qu'une impression, pas un cliché de mauvaise littérature. C'est la réalité, et elle est désagréable.

— Fichons le camp... fait-il d'une voix qui s'étrangle.

Ils courent tous trois vers la Toyota, que Gary arrache au terre-plein. Gérard regarde encore vers l'arrière tandis que la Land Cruiser prend son virage sur la route, mais il n'y a plus grand-chose à voir, à peine une fluctuance pisseuse qui se dilue dans la ouate, et plus rien. Ses cheveux sont retombés, les fourmis ont déserté sa colonne. Le moteur de la Toyota ronronne.

Au-dessus de la station-service, la tache d'huile s'évase, se répand, se fond à la ouate. Les arêtes du bâtiment, la pente de l'auvent, les fûts des colonnes, la silhouette des pompes et des voitures immobilisées se frangent d'une laque déliquescente.

A l'intérieur de la boutique, le corps allongé, que les rats n'ont pas touché, est pareillement frangé de cette lumière sans éclat. Une main frémit, les doigts en crabe tapotent le carrelage. A l'autre bout du corps un pied remue, tremble. Les jambes doucement se replient, les bras déjetés vers l'avant rampent vers le buste. *Plè-plè-plè-plè,* font les doigts qui tapotent le sol. L'homme peut enfin prendre appui sur ses coudes. Son buste se décolle, les genoux poussent l'abdomen, la tête oscille, se redresse, la bouche happe l'air plusieurs fois, réflexe de poisson. L'homme se lève, il n'a pas encore ouvert les yeux. Son corps se balance un instant, avant de retrouver son centre de gravité. Enfin les yeux s'ouvrent.

L'homme regarde autour de lui, étonné peut-être. Il se met en marche, il franchit la porte de la boutique, il sort dans la ouate huileuse. Ses enjambées, au départ trébuchantes, sont rapidement plus assurées.

Près de la pompe, le squelette à la cage thoracique ricanante a lui aussi frémi. Un bras réduit à l'humérus et au cubitus balaie le sol, éparpillant sur le gravier quelques phalanges qu'aucun tendon ne retient plus. La cage d'os se soulève, retombe. La mâchoire inférieure où brillent deux molaires en or s'abaisse, se décroche du maxillaire, reste suspendue de guingois. Encore un tressaillement de fémur, et c'est fini : le squelette a retrouvé l'immobilité qu'il n'aurait jamais dû quitter. Pour lui, aucune résurrection n'est possible.

A cent mètres, l'homme intact contourne le panneau TOTAL et aborde la route. D'un bon pas, il poursuit son chemin en direction du sud.

ECLAIRCIE

Cette fois ils ont dormi dans une grange, au milieu des bottes de paille. La ferme est isolée dans un champ, ils sont tombés dessus par hasard alors qu'ils avançaient sur un chemin de terre, cherchant un coin protégé pour la nuit. Les rats hantent encore les esprits, autant chez ceux qui ont vécu l'aventure que chez ceux qui en ont seulement eu une relation confuse. Gérard, Gary et Germain Ponçon n'ont pas été très précis sur la façon dont ils ont pu s'en sortir, aucun d'entre eux n'a évoqué la silencieuse lumière jaune. Après coup, l'événement est nimbé de trop d'irréalité pour qu'ils trouvent les mots pour le décrire. Et puis quelque chose les retient, ils ne peuvent définir quoi. Gérard a repensé à la lueur qu'il a vue ou cru voir avant de passer le seuil de la grotte. Mais il ne sait comment lier les deux visions. Une nouvelle sorte d'engin, ou d'arme ? Des particules magnétisées, un nuage radioactif ? Si Michel Suscillon était encore avec eux...

La grange est confortable, elle sent bon le foin sec. C'est pour certains un rappel de vacances, d'adolescence, une remontée de nostalgie. Boisgonthier parle des chantiers de jeunesse, mais s'interrompt vite quand il s'aperçoit que Luc, le « coco », le regarde de travers. Eliane a refait son pansement, elle a aussi soigné Gary.

La rage ? Mais non, voyons, il n'a rien du tout, les dents n'ont même pas pénétré. Cette fois Gary a obtenu ses tours de garde. Il prend le premier, d'autorité, alors que personne n'a encore sommeil, mais il doit réveiller, d'une bourrade, Luc qui a hérité du second. Tout au long de la nuit, les vaches de l'étable proche n'arrêtent pas de meugler, insistantes, plaintives, insupportables. Elles doivent souffrir d'un retard de traite, mais personne n'a le courage ou l'envie d'aller voir. Et puis faire quoi ? Au milieu de la nuit des aboiements éclatent, une meute, certainement. Ponçon, qui est de garde et qui compte anxieusement les Marlboro qu'il réduit en cendres et celles qui lui restent, scrute la nuit de ouate à travers ses lunettes fumées à verres photoamplificateurs. Bien sûr il ne voit rien, et peu après les aboiements s'estompent, s'éteignent. Dans la grange, quelqu'un ronfle. Il pense encore aux seins de Véronique. Il bande. Et merde ! Sa main se glisse furtivement vers sa braguette, il s'empoigne. Il se trouve d'un dur ! Il vient presque tout de suite, glorieusement. Son sperme liquéfié et refroidi lui coule le long du ventre quand il doit réveiller Gérard qui a le dernier tour, à 4 h 30.

Vers 6 heures, Gérard voit surgir Boisgonthier. Déjà levé ? Le petit bonhomme salue courtoisement, se met à siffloter, s'enfonce dans la ouate. Il est toujours tiré à quatre épingles, son nœud de cravate est impeccablement serré, ses cheveux teints ont la raie tirée au cordeau. Et il empeste l'Yves Rocher. Tradition toujours, Gérard l'entend pisser. Ensuite c'est au tour d'Eliane d'émerger. Elle a moins bien supporté sa nuit. Ses yeux sont défaits, ses paupières bavent, les rides étoilées sur ses tempes paraissent gravées au burin. Mais elle sourit, et rien n'importe plus que la limpidité myosotis de ses yeux. Ils échangent des banalités, et Eliane se retire à son tour dans la ouate. Il n'y a plus rien à signaler au sujet de cette matinée. Avant 8 heures, ils sont repartis. Dans l'étable, les vaches meuglent toujours.

La radio continue de diffuser le message de la veille, la frange côtière à gagner, les camps. Pour éviter Grenoble et la route de Valence, les rescapés ont obliqué vers le massif du Vercors. Les routes seront moins encombrées, il n'y aura aucune ville d'importance à contourner, ils redescendront directement sur Die. Après c'est la Provence, et la mer ne sera plus si loin. Ces mots et ce qu'ils évoquent, la Provence, la mer, posent des petits reflets magiques dans les esprits. Pourquoi pas la mer, finalement ? On finit toujours par aller vers la mer…

Ils grimpent, la route est en lacets serrés, mais quand même la ouate semble moins dense. Illusion ? Non, désormais on peut voir à quinze ou vingt mètres. Amorces de prairies en pente, falaises de rochers gris, lisières de forêts de conifères aux troncs qui font sentinelles… La ouate n'est plus si menaçante, elle pourrait maintenant passer pour du brouillard ordinaire, du brouillard de montagne que, d'un moment à l'autre, l'atmosphère des cimes va délayer.

Ils traversent un bourg de moyenne importance, La Chapelle en Vercors, ils hésitent encore entre deux routes, prennent celle qui a l'air de monter. Encore cinq cents mètres, et c'est le miracle. Il s'est produit au détour d'un virage en épingle à cheveux. En aval, la ouate. En amont la déchirure franche, l'ouverture sur ce que les rescapés croyaient ne plus jamais revoir : le ciel bleu, incroyablement bleu, les prairies vertes, incroyablement vertes, les cônes pointus des pins ou des sapins qui escaladent la dentelle bleutée des montagnes.

Les deux voitures ont pilé, leurs passagers en giclent, ils rient, ils parlent tous à la fois, ils disent n'importe quoi, sans s'écouter. Tous courent dans une prairie en pente, Eliane a pris la main de Gérard, elle rit, elle rit, elle l'entraîne. Sous eux, la ouate forme un doux parterre, tellement étale, tellement régulier qu'il paraît solide. Pour peu, on croirait possible d'y poser le pied, de marcher à sa surface. Mais aucun des rescapés n'en a la moindre envie, c'est juste une idée qui traverse quelques-uns d'entre eux, et s'en va. Retourner sous cette couche talquée où ils ont séjourné pendant des jours? Jamais, jamais!

— Il faut que je vous embrasse, Gérard...

Eliane n'a pas lâché sa main, elle se hausse sur la pointe des pieds, elle effleure les joues de l'homme de deux baisers légers mais quand même un rien insistants. Elle rougit, bien sûr, ses yeux papillonnent. Gérard a senti son odeur, moitié parfum discret, moitié sueur aimable. Son blouson *Mammouth* est ouvert, il a aussi perçu, quand elle s'est appuyée contre lui, la pointe de ses seins menus sous le mohair. Ça aurait dû l'émouvoir, peut-être... Mais il pense seulement à Béatrice, toujours présente en lui, d'un gros poids de tristesse. Déçue probablement de si peu d'enthousiasme, Eliane s'en va rejoindre son époux, et c'est à lui qu'elle prend la main. Un bien court moment, parce qu'après un baiser machinal sur le front, Germain se dégage pour tirer une cigarette de son dernier paquet.

Ils restent un bon moment, tous, à sonder le paysage dévoilé, la route qui serpente à travers les prés et va se perdre entre deux bosquets, les pans diversement inclinés des falaises grises, le col lointain qui s'évase entre deux pics tronqués, ce ciel d'incandescence bleue qui leur fait mal aux yeux, et ce grand soleil d'automne, ce bouton d'or qui scintille, piqué en plein milieu de l'infini. Il fait beau, il fait chaud, le plus beau, le plus chaud de la journée: une heure de l'après-midi. Après tout ce temps de confinement, les perspectives leur paraissent vertigineuses, l'horizon incroyablement reculé. Tout ce temps? Et si peu, en réalité.

— Je viens de compter, dit Boisgonthier, cela ne fait

que le sixième jour, depuis... depuis ce fameux matin. Nous devons être le 14 octobre, encore que les dates n'aient plus la moindre importance. Mais le sixième jour... je ne sais pas ce que vous en pensez, mais ça me paraît de bonne augure. La création, vous me suivez? C'est le septième jour que Dieu a fait l'homme.

La réflexion du petit homme est accueillie avec des sourires teintés d'indifférence. Dieu, la création, on ne peut pas dire que ces choses-là branchent bien fort ses compagnons, pas même Eliane qui a laissé son éducation loin derrière elle. Gary roule la pelle du siècle à sa Véro, dont il palpe le sein qui gonfle le pull multicolore qu'elle a passé. Ponçon, toujours pratique, propose de grailler, et même d'ouvrir une ou deux bonnes bouteilles pour fêter la sortie de la ouate. Ce qu'ils font.

Mais c'est quand même le paysage qui est l'appeau le plus tentateur. Ce paysage qui leur embrase les yeux, et qui ne compte pas que des splendeurs naturelles : là-bas, bien en deçà du col, à moins d'un kilomètre, un groupe de toits gris palpite entre la pointe des sapins. Un hameau.

— Ils n'ont jamais été touchés, ici... Il y a des gens. On va enfin pouvoir rencontrer des visages humains...

C'est ce qu'ils croient. Ils vont être déçus.

— Hello ! Hello ? Montrez-vous... nous sommes des amis !

Ponçon s'est avancé au-devant des autres. Toujours en pointe pour ce qui est des contacts humains, le Ponçon. Il remue les bras, pour un peu il brandirait un drapeau blanc, ce qui serait bien dans la note. Il est vrai que de près le hameau n'est guère accueillant. L'accès aux maisons, déjà serrées les unes contre les autres, est barré par une sorte de barricade qui court d'une façade à l'autre, faite de charrettes renversées, de branchages entrecroisés, de bottes de foin empilées. Il ne manque plus que les pavés, ou des barbelés. Mais ce ne sont pas des ingrédients qui doivent pousser dans le coin. Tous les volets sont fermés, les portes aussi. Et on ne voit, comme on dit, âme qui vive, ni même la nécessaire enveloppe de chair qui en principe lui sert d'habitat. Pourtant, ces enveloppes bipèdes, il doit bien y en avoir dans ce hameau, puisqu'au sommet d'un toit une cheminée fume.

— Il n'y a personne ? Sortez, voyons ! Nos intentions sont pacifiques !

Ponçon continue de s'égosiller. C'est dingue ce qu'on peut débiter comme clichés, dans les grandes circonstances des drames humains toujours répétés. Qu'a dit Christophe Colomb aux premiers Indiens qu'il a rencontrés ? Nous sommes des amis ? Nos intentions sont pacifiques ? De toute façon, il a dû le dire en portugais.

Ponçon fait encore un pas. Un coup de fusil claque. Personne n'a vu d'où il est parti. Une meurtrière dans un volet ? Ponçon a sursauté, il fait un demi-tour, il se courbe, une de ses jambes semble ne plus pouvoir le porter, il tombe. Incongrue, une poule, quelque part, se met à caqueter. Gérard le premier, puis Eliane, puis tout l'ensemble du groupe, qui était resté à dix pas en arrière, se précipite. Ah ! non, quand même, Gary, le grand Gary part dans l'autre sens, vers les voitures garées en contrebas.

— J'ai mal... Nom de Dieu ce que je peux avoir mal... Ils m'ont bousillé la jambe, ces salopards !

Germain Ponçon n'est pas brillant. Il s'est affalé sur le côté, il se tient la cuisse de ses deux mains crispées. Du sang perle entre ses doigts, le tissu de son pantalon se marbre d'une sombre tache grandissante. Gérard soulève le blessé avec précaution. Son regard rencontre successivement les yeux d'Eliane et de Boisgonthier, qui lui font face. C'est le moment pour Gérard de s'apercevoir, au bout de six jours, qu'ils sont du même bleu, exactement. Mais le moment n'est pas à l'esthétisme.

– On va le soulever doucement, en faisant attention à sa jambe... (Puis, à Ponçon :) Ça va aller, vieux, t'en fais pas, on va te sortir de là...

– Les salopards... ma jambe...

Venue de la maison la plus proche, une voix sourde, dont le propriétaire reste invisible, choisit cet instant pour exprimer le credo des habitants du hameau :

– On veut personne, ici ! C'était qu'un avertissement. Vous avez une minute pour disparaître, ou on vous tire comme des lapins.

Au moins c'est clair, et ça ne mérite aucune réponse.

– Connards de pagus ! lance quand même Luc, au mépris le plus complet de la solidarité de classe.

– On y va... dit Gérard.

Le blessé pousse encore un cri, mais il est hissé par quatre paires de bras plus ou moins habiles. Ses lunettes à verres spéciaux sont restées par terre. Personne ne songe à les ramasser. Le groupe opère une retraite trébuchante ponctuée par les plaintes d'un Ponçon blafard, qui a fermé les yeux et dont la bouche se tord d'une sinistre façon. Ils atteignent enfin les voitures, le blessé est allongé sur la banquette arrière de la Toyota, la tête sur les genoux de Véronique, tandis que sa femme s'active déjà avec la trousse à pansements. Ce n'est qu'à ce moment, tandis que Luc, qui est au volant, fait une marche arrière chaloupée, que Gary, debout contre le pare-brise, lâche trois balles enchaînées vers les façades. Cette fois, personne ne se permet la moindre réflexion.

Gérard a pris la Lancia, les deux voitures sont déjà loin du hameau, alors qu'Eliane a seulement pu découper la jambe de pantalon au-dessus de la blessure.

Les flammes du feu pétillent, jettent des braises tourbillonnantes dans la nuit. Les visages marqués par les diaprures mouvantes semblent abîmés dans des pensées profondes. En réalité, seule la fatigue en accuse les traits.

Germain Ponçon est étendu entre les deux femmes, la tête et le buste calés par des sacs de couchage. Il n'a pas voulu être placé à l'écart, il tient au contraire à garder le contact, au plus près, avec ses compagnons. Vous m'aiderez à tenir le coup... a-t-il dit. Il tiendra. La balle, probablement rien de plus méchant que du 22, a profondément déchiré le muscle et a cisaillé une veine, mais a épargné le fémur et l'artère fémorale. Le pire est évité, mais Ponçon a toujours mal, il continue de gémir à intervalles irréguliers, la trousse de secours d'Eliane ne contient aucun véritable analgésique.

Gary y est allé de son discours Rambo :

— Vous arriverez peut-être à comprendre qu'il faut faire gaffe, et plus que gaffe. Si le patron avait pris une bastos dans le bide, on aurait fait quoi ? On aurait eu 48 heures pour le regarder mourir, et croyez-moi, c'est pas réjouissant, comme spectacle... On fait pas du tourisme ! Ce n'est pas une partie de campagne ! Le monde a changé. C'est la lutte pour la vie, entre les survivants. Que ça vous fasse plaisir ou non, l'homme est devenu un loup pour l'homme...

Et quelques clichés encore. Décidément ils continuent de tomber, pire qu'à Gravelotte. Mais Gary a eu le temps de se calmer, il bouffe ; lui, au moins, les événements ne lui ont pas coupé l'appétit. Les rescapés ont parcouru encore une dizaine de kilomètres, sur la route de plus en plus étroite, aux lacets de plus en plus serrés, avant de s'arrêter de l'autre côté du col, sur une vaste prairie caillouteuse qui vient directement buter contre la falaise. Ils ont établi le camp à côté d'une cabane de berger, ou d'un refuge, qui comporte des châlits, une table, deux chaises. A cause du blessé, la marche vers le sud est interrompue pour un jour... ou plusieurs. Quelle importance? Plus rien ne les presse, plus rien ne les pressera jamais. Et puis ici, dans la solitude des montagnes, entre terre et ciel, ils ne sont pas si mal.

Gérard remonte la fermeture Eclair de son blouson. Malgré le feu, l'air est vif. Il fera plus froid encore au milieu de la nuit. Ils sont sûrement à plus de 1500 m d'altitude. Une altitude où les radiations... mais non, bien sûr, elles peuvent être partout. Gérard se secoue, se lève, il a subitement envie de s'éloigner du feu pour regarder les étoiles en face. Il marche un peu sur la pente ascendante. Bien que la saison soit avancée, le ciel est d'une pureté incroyable, une pureté hors saison, justement. Comme si le cataclysme avait lavé la Terre de toutes ses impuretés, de toutes les pollutions. Comme si tout recommençait à zéro. Le septième jour... Allons, allons! Ce sont des histoires, tout ça. De la littérature.

Là-haut, l'écharpe brumeuse de la Voie lactée est visible, d'un horizon à l'autre, derrière le pointillé désordonné des étoiles. Désordonné? Bien au contraire il existe un ordre souverain sous ce désordre apparent, une géométrie rigoureuse, visible déjà dans la casserole de la Grande Ourse et dans... mais Gérard ne connaît pas le nom des autres constellations.

— Vous voyez, là, au bout de mon doigt, c'est Sirius, l'étoile la plus brillante du ciel. Et ce triangle aigu, en dessous, avec un astre qui en principe devrait être rouge, mais on ne peut pas s'en apercevoir, c'est la constellation du Centaure, les étoiles les plus proches de notre soleil...

C'est Boisgonthier, qui a suivi silencieusement Gérard. Il lui désigne encore par leur nom des golfes, des presqu'îles, des continents sidéraux. Gérard le félicite de ses connaissances, le petit homme lui apprend que, dans sa jeunesse, il était féru d'astronomie, il a même fait partie d'un club. Et puis la vie...

Un silence, et le maire adjoint murmure:

— Je ne voudrais pas avoir l'air de plaider pour mon existence, mais... j'espère que je ne vous donne pas l'impression d'être un... corps étranger, ou un poids inutile, au sein du groupe.

— Mais qu'est-ce qui peut vous faire dire une chose pareille, Jean-Charles ! sourit Gérard, un peu interloqué quand même. Vous êtes très précieux pour le groupe — plus que certains d'entre nous...

— Oh ! vous êtes gentil, mais enfin je suis quand même ce qu'on appelle un vieux pédé.

— Hum... je l'avais deviné, fait Gérard étourdiment.

— Vraiment ? Ça se voit tant que ça ?

— Ce n'est pas ce que je voulais dire, voyons. Mais... j'ai remarqué que vous aviez certaines attentions pour Luc...

— Ce n'est pas du tout ce que vous pensez ! Je n'oserais pas, dans ces circonstances... Luc est si jeune ! Il pourrait être le fils que je n'ai jamais eu, vous savez.

Allons bon ! Voilà que Boisgonthier n'a pas pu s'empêcher de lui faire le coup du désir d'enfant de l'homosexuel bon teint. Cliché, encore ? Et puis qu'est-ce qu'il en sait ? Il s'agit peut-être d'un désir réel...

— Ne croyez pas une seule seconde que je puisse juger votre sexualité, proteste-t-il avec retard. Mais sincèrement, avec Luc, vous n'auriez de toute façon aucune chance. Avec aucun mâle, ici, d'ailleurs, j'en ai bien peur.

Les deux hommes rient silencieusement, amicalement. Au camp d'autres rires s'élèvent, bruyants, celui de Gary, auquel répond celui de Véro.

— Nous les rejoignons ? dit doucement Boisgonthier.

Gérard hoche la tête. Il regarde une fois encore les étoiles, ces univers inconnus, incommensurables, à la fois si proches et si lointains.

— Eh oui... dit encore le vieil homme, comme s'il avait

pu deviner ses pensées. Il y a tant de mondes, dans la Création. Dont beaucoup sont habités par des êtres que nous n'imaginons même pas. Des êtres qui peuvent être beaucoup plus évolués que nous, et pour qui les distances stellaires ne sont que broutilles...

— Ah bon? Les soucoupes volantes, les petits hommes verts qui nous surveillent de loin, vous y croyez, vous?

— Ce n'est pas une question de croyance, répond Boisgonthier avec bonhomie. C'est une question de probabilités.

— Oui, ben s'il existe réellement des grands galactiques, des anges gardiens, c'est le moment ou jamais qu'ils débarquent!

A peine Gérard a-t-il prononcé cette phrase qu'il repense à l'indéfinissable lumière jaune au-dessus du garage, à la fuite des rats, à ses cheveux qui se sont hérissés au-dessus de sa tête, en proie à une énergie mystérieuse. D'un coup, il n'est plus si sûr de la souhaiter, cette venue.

TERRITOIRE DU SEXE

Luc prend la ruade dans les côtes, il roule dans l'herbe, lâche son seau. Il grimace, mais sa grimace se transforme vite en rire. Sur la pente, la vache aux mamelles ballottantes galope, entraînant le reste du troupeau. Les cloches sonnent avec vigueur, se démultipliant en échos harmonieux entre les pentes étroites du col, une vraie cathédrale à l'heure des vêpres. Luc n'en peut plus de se tordre de rire.

– Bon, ben c'est pas encore aujourd'hui qu'on aura du lait frais, commente Gérard avec philosophie.

– Qu'est-ce qu'il y a encore, cette fois?

– Elles ont fini par venir... C'est pas malheureux. Au moins une semaine de retard. J'ai bien cru que ce coup-ci...

– Eh ben! lance Gary, dont l'érection, sous la lumière de la lampe de position, trace une barre parfaitement horizontale sur la toile de la tente, ça aurait été le premier moutard d'après la bombe. On l'aurait appelé Neutron.

Il se marre, sa main affermit sa pression sur la cuisse de Véronique.

— J'en ai marre de ces cheveux! Plus moyen de les laver correctement, ici.

— Tu veux que je te les coupe?

— Tu saurais?

— Je peux toujours essayer... Attends, je vais chercher les ciseaux.

Les deux femmes s'agenouillent l'une en face de l'autre sous le soleil du matin. Au bout d'une heure, la tignasse embrouillée de Véronique jonche le sol, elle n'a plus au sommet du crâne qu'une courte toison laineuse de mouton noir. L'épaisseur de sa mâchoire inférieure en ressort. Perplexe, elle s'examine dans un miroir. A Gary qui revient d'on ne sait où, sa Remington posée sur sa nuque et les coudes pliés autour de la crosse et du canon, à l'image de cette photo célèbre de James Dean, elle demande:

— Comment tu me trouves?

— Nulle, répond Gary.

Germain Ponçon boitille, appuyé à Eliane dont il tient fermement l'épaule. Il a passé une chemise de sport à carreaux rouges. Son crâne luit au soleil. Il va beaucoup mieux, sa blessure se cicatrise, il semble avoir rajeuni. Eliane aussi a rajeuni. Elle est vêtue d'un pull à col roulé et d'un jean, elle ne cherche plus à se maquiller, sauf un soupçon de gris sur les paupières supérieures. Le couple arrive devant la cabane.

— Tu veux te reposer?

— Rentre un moment avec moi. Les autres sont loin. Tu pourrais... te reposer gentiment avec moi, hein, ma poulette?

La main de Germain a glissé de l'épaule, ses gros doigts ont empoigné sans trop de douceur le sein que galbe le balconnet du soutien-gorge. Eliane se cabre.

— Laisse-moi, je te prie, dit-elle le plus froidement possible, et sans regarder son mari.

— Oh ! dis !... Il y a un sacré bout de temps qu'on n'a pas fait joujou, nous deux... Tu vas pas me faire croire que tu n'as pas des envies, toi aussi ? Et puis je te signale à tout hasard que tu es encore ma femme ! Tu t'occupes de ma jambe, mais j'ai aussi des couilles...

Eliane se dégage avec une énergie surprenante. Déséquilibré, Germain doit se retenir au cadre de la porte. Eliane est face à lui, bras croisés. Elle est droite comme un i, elle tremble.

— Je te fais grâce de tes grossièretés, Germain. C'est bien aimable à toi de me rappeler que je suis ta femme, mais qui l'a oublié, pendant toutes ces années, quand tu courais tes poules ? La situation a changé, mon pauvre ami. Je veux bien être ton infirmière. Mais pour le reste, c'est fini. Fini, tu entends ?

— Tu t'imagines que je sais pas de quoi il retourne, espèce de grue ? Tu crois que je vois pas comment tu le regardes, l'autre connard de journaliste ? Tu penses peut-être qu'il voudrait de toi ? Regarde-toi ! Tu es trop vieille ! Tu es trop moche ! Je courais les poules, hein... Ben, demande-toi donc pourquoi... !

Eliane a tourné les talons depuis longtemps, elle s'est mise à courir dans la prairie, les larmes lui gonflent les yeux. Son mari parle toujours, il éructe toujours, mais elle ne l'entend plus, elle ne veut plus l'entendre.

Toujours adossé à la porte de la cabane, Ponçon fait autour de son buste une série de signes cabalistiques dont il n'a même pas conscience. Il se fouille. Mais il y a belle lurette qu'il a épuisé sa nouvelle provision de cigarettes.

— Regardez ce que j'ai ramené !

Gary fait sonner ses rangers sur la caillasse. Il est torse nu dans la chaleur de l'après-midi, il a relevé ses Vuarnet sur le haut de son front. Il est le seul des hommes à continuer à ne pas se raser. Sa barbe de dix jours, aussi noire que sa tignasse, lui donne un air incontestablement viril et farouche. Ce n'est plus Cary Grant, mais Charlton Heston au temps des *Dix commandements*. Il tient son inséparable Remington coincée entre son coude et sa nuque, comme il a pris l'habitude de le faire à toutes les heures du jour. De son autre main, il brandit une dépouille sanglante et hirsute, une pitoyable fourrure rousse qui paraît dépouillée de toute chair.

— Vous avez vu ce que j'ai tiré ? Ce soir, viande fraîche au repas...

— T'es vraiment un taré de première ! crache Luc qui s'est approché du chasseur.

Il se tourne vers Gérard, occupé à scier du bois près de la cabane.

— Qu'est-ce que tu penses de ça, l'écolo ? Tarzan a tué une marmotte !

Un éclair illumine le ciel nocturne, cingle de son éblouissement bleu l'intérieur de la cabane que frappe avec violence la pluie d'orage. Le temps de compter jusqu'à trois et le tonnerre suit, d'abord l'éclatement, marteau sur du fer creux, ensuite les brisures qui se répandent en roulant interminablement dans une cuve de fonte. Le toit, les murs de la cabane en tremblent.

— Il est pas tombé loin, celui-là, fait Gary qui a démonté sa Remington et la nettoie amoureusement avec de la charpie de mouchoirs de soie.

— Combien, à ton avis ? ricane Luc. Une mégatonne ? Vingt mégatonnes ?

Un autre éclair fustige sa face goguenarde. Comme toujours son humour a fait fiasco.

— Ce qu'il nous faudrait, c'est un jeu de cartes ! grogne Ponçon. Et personne n'a pensé à en emporter un. Quelle connerie...

— Tu peux toujours bouquiner, dit Gérard sans lever les yeux de *Cent ans de solitude*. Y'a de quoi...

— Moi, la lecture... soupire Ponçon.

Son regard passe avec lassitude sur les formes frileusement serrées dans le refuge. Il s'arrête sur Véronique qui ne lit pas non plus, qui est adossée à un châlit, les yeux dans le vague. Elle se cure la narine d'un index fureteur, son autre main pend entre ses cuisses ouvertes, comme si elle voulait désigner son sexe aux amateurs. Ou comme si elle était prête à se branler. Ça y est ! Ponçon sent qu'il va recommencer à bander.

Le bruit de l'avion persiste dans le ciel partagé entre les pans de bleu renaissant et les bancs de nuages qui se fragmentent. Mais l'appareil a déjà disparu derrière un horizon. Ou l'autre. En fait personne ne l'a vu. Mirage ? Rafale ? Personne ne l'a vu, il y a juste eu ce déchirement tonitruant et soudain dont les miettes sonores résiduelles continuent à débarouler entre les pans des montagnes.

— La radio ! La radio ! crie Ponçon, qui se lève et commence à boitiller vers le transistor que Gary allume d'un coup de poing.

Mais la radio reste muette. Elle se tait obstinément depuis plusieurs jours, trois, quatre, elle ne délivre plus qu'un grésillement d'insecte, un silence sidéral que brouillent de poussiéreuses interférences.

— Ne bougez pas, surtout... Là... voilà !

Jean-Charles Boisgonthier brandit avec une expression de triomphe tranquille la longue écharde qu'il vient de retirer du pied de Luc. Boisgonthier s'est enfin décidé à enlever sa cravate. Mais comme il est le seul à ne s'être pas muni de vêtements de rechange au *Mammouth*, à part le linge de corps, il porte toujours son trois-pièces anglais. Sa main est restée posée sur le pied nu du jeune homme. Ses doigts aux ongles toujours parfaitement manucurés caressent très légèrement le talon, un mouvement à peine perceptible, qui pourrait passer pour machinal. Luc se laisse faire, il sourit, et puis d'un seul coup son visage grêlé de taches de rousseur change d'expression, se fripe. Son pied part en avant, atteint en pleine poitrine le petit bonhomme à genoux qui part en arrière, les quatre fers en l'air. L'atterrissage est brutal. Mais ce n'est pas la colère qui s'inscrit sur le visage du notaire, du vieux pédé. Seulement une douloureuse incompréhension.

— Mais... Luc, voyons... balbutie-t-il.

Luc s'est levé. Il regarde l'homme à terre, semble vouloir dire quelque chose, puis il s'en va à grandes enjambées vers la cabane. Germain Ponçon, à moitié allongé sur une pierre plate sous le soleil de l'après-midi, a tout vu de la scène.

— Bravo, petit! jette-il alors que Luc passe devant lui. Il y a longtemps que je l'avais flairée, cette vieille tapette. Et s'il ne tenait qu'à moi...

Il est forcé de s'interrompre parce que Luc s'est penché vers lui et l'a empoigné par le col de sa chemise, à l'étrangler.

Le lait, translucide comme de l'eau de chaux, pulse dans un seau d'enfant en plastique bleu. Gérard et Eliane caressent doucement la chèvre pour qu'elle reste calme. Mais l'animal n'a manifestement pas envie de bouger. Elle dodeline de la tête, ses yeux marron à la pupille transversale ouverts paisiblement sur le monde. Eparpillées sur la pente, il y a cent, ou le double de ses sœurs qui broutent avec ténacité, pas le moins du monde dérangées par le cataclysme. Mais quel cataclysme?

— On dirait vraiment qu'il ne s'est rien passé, a dit Eliane lorsqu'ils sont tombés sur le troupeau, après une demi-heure de Toyota dans des sentiers à peine carrossables. Contrairement aux vaches du deuxième jour, les chèvres se sont laissé approcher sans trop de problèmes. C'est Véronique qui s'est proposée pour la traite. Elle ne s'en sort pas si mal.

— Quand j'étais toute gosse, à la campagne, je l'ai fait des tas de fois...

Toute gosse, ce ne doit pas remonter à bien loin. Lorsque le seau est à moitié rempli, Véronique le porte à ses lèvres, en boit une bonne rasade qui laisse des traces crayeuses sur ses lèvres pleines. Elle reste toute la journée à traîner au soleil, elle a bronzé.

— Ça a bien le même goût... dit-elle en tendant le seau à Eliane qui boit une petite gorgée, après avoir reniflé descrètement le liquide. Elle porte un pantalon vert et un chemisier rose. Le tout lui va parfaitement. Elle grimace.

— Bien sûr, faut aimer! ajoute Véro.

— Comme tu dis, fait Eliane sans insister.

Gérard rigole, décline l'offre, tend le seau à Gary qui est resté maussade et silencieux depuis le début de l'opération. Peut-être que son index le démange de cartonner les chèvres. Lui ne boit que du bout des lèvres, recrache immédiatement.

— C'est dégueulasse! Le lait de chèvre, moi, bonsoir...

— Je ne sais pas comment aborder le problème, mais enfin, bon, si j'en parle avec toi, c'est que je pense qu'on est sur la même longueur d'onde, tu vois... C'est pas du tout parce qu'on se connaissait avant et que j'étais ton patron. Tout ça c'est le passé, hein!

— Ouais...

— Non, ce que je veux dire, c'est qu'on fait une fameuse équipe de bras cassés... Lagardère qui a toujours l'air de se payer la tête de tout le monde, Lefrançois, on sait jamais ce qu'il pense, et je parle même pas de la vieille tapette. Si tu veux mon avis, on va pas aller loin, comme ça...

— Ouais...

— En plus, y a que toi et moi qui avons notre viande. Alors tu vois, ça crée un sacré déséquilibre. Tu penses pas ?

— Ouais...

— En fait, c'est surtout de ça que je voulais te parler, Jérôme. Toi, tu as ta Véronique... belle fille, hein! Et moi, Eliane. Mais Eliane, tu vois, entre elle et moi, il y a longtemps que pour ce qui est de jouer à papa-maman, c'est plus vraiment ça, tu vois ?

— Ouais !

— Alors je me disais... bon, la vie à l'ancienne, les couples, tout ça c'est fini et, si tu veux mon avis, on n'y reviendra jamais. Ce qu'il faut c'est s'adapter. Surtout au point de vue moral, tu comprends ? Et même je dirais au point de vue sexuel, tu vois...

— Ouais, ouais.

— Hmmmm... Dis, Danielli, tu m'aides pas trop !

— Ho ! Me prends pas pour un con, Ponpon... Tu crois que je sais pas où tu veux en venir ? T'as envie de te payer Véro, c'est tout...

— C'est-à-dire... je pensais plutôt à un échange, tu vois, à une redistribution de la donne. Ceci en toute liberté, bien entendu !

— Ouais. Ecoute, mec. Véro, pour moi, c'est une meuf comme une autre, hein ? Elle s'est trouvée avec moi le jour de... le jour, quoi, mais ça aurait pu aussi bien être une autre. Alors si tu veux tenter ta chance avec elle, je peux te dire que je m'en tape, mais alors là, bien profond ! Pour le reste, pfff... on verra. Sans vouloir te vexer, ta femme, c'est pas trop mon genre.

— T'es un pote, Gary! Je savais bien qu'on s'entendrait, tous les deux!

— Regardez! Là! Là!... Cette étoile... elle bouge!

— C'est pas une étoile... C'est...

C'est quoi? Dans le ciel mauve du crépuscule où seules sont encore visibles la serpe brumeuse de la lune en C et la loupiote de Vénus, un astre laiteux dérive entre deux pics.

— Il y en a une autre, là!

— Et une troisième, ici...

Maintenant elles sont trois, trois étoiles en triangle qui flottent avec indolence dans l'éther velouté. Gérard échange un regard avec Gary, souvenir de la station-service, un autre avec Boisgonthier, rappel de leur conversation sur les anges gardiens.

— C'est trop gros pour être des satellites, fait Ponçon. Et c'est pas non plus des hélicos...

— C'est des soucoupes volantes! Des soucoupes volantes, qu'est-ce que vous croyez que ça puisse être d'autre! crie Véronique.

Les trois lumières célestes viennent de disparaître derrière la crête. Le ciel est vide. Mais ça tourne encore dans les têtes.

— Ces histoires de Martiens, moi, je n'y crois pas, murmure Eliane, les bras resserrés autour de sa poitrine.

— Pas des Martiens, non.. fait doucement Boisgonthier. Ils viennent de beaucoup plus loin que ça...

Germain Ponçon le fusille d'un méchant regard. Mais il n'ose pas répliquer, à cause de Véronique, qui a parlé de soucoupes volantes. Il s'approche d'elle, à la toucher. Il lui souffle dans l'oreille:

— Vous y croyez, alors, aux OVNI?

Germain Ponçon dégage son sexe ramolli du buisson humide. Il n'ose pas regarder Véronique en face. Pourtant il pourrait, la tente où ils ont fait l'amour est obscure. Mais il sait bien qu'il a été lamentable. Trop pressé, toujours trop pressé quand il est avec une nouvelle. Il s'appuie sur un coude, il heurte quelque chose de métallique, quelque chose qui appartient à Gary. Son poignard de commando, sans doute. Ponçon a été gêné dès le départ, à cause de cet environnement restreint d'objets qui appartiennent à Gary et qui sont imprégnés de son odeur. Mais maintenant c'est son odeur à lui qui lui monte aux narines, il a sué tant et plus en s'agitant sur Véronique, il ruisselle, son malaise s'accroît.

— Excuse-moi, ma poulette, finit-il par bredouiller. Je suis parti tout de suite, mais c'est que je te désirais tellement, tu sais !

— Ça fait rien, fait Véro de sa voix morne. On va recommencer et ça sera mieux...

— On va recommencer ? Tout de suite ? fait Ponçon, alarmé.

Le lendemain matin Gary est d'humeur exécrable, on ne sait pas pourquoi, ou on le sait. Le lendemain matin, Ponçon est d'humeur sinistre. Véronique boude, Luc est particulièrement sarcastique. Le compte des provisions est au plus bas, ils ont cru emporter de quoi tenir des semaines, et au bout de huit jours il n'y a presque plus rien, juste quelques boîtes de conserve et des biscottes.

Huit jours... Huit jours sur ce col désert, sous le regard des marmottes, c'est bien assez. La blessure de Ponçon, cause prétexte à la robinsonnade, est cicatrisée depuis longtemps, il ne lui reste plus qu'une petite raideur dans le membre, hahaha ! Et puis il y a ces lumières dans le ciel. Ces OVNI. Il faut savoir ce que c'est. Et où en est le monde.

Le départ est vite décidé.

Chacun s'affaire aux préparatifs, mais dans le désordre, et plus que mollement. Gérard est descendu au torrent, qui coule plusieurs centaines de mètres en contrebas de la cabane. Il ne voit Eliane qu'au dernier moment.

— Excuse-moi, je ne voulais pas... commence-t-il avec une confusion non feinte.

Eliane est au milieu du torrent, nue, elle a de l'eau jusqu'aux mollets. Elle fait sa toilette. Quand Gérard a contourné le rocher qui la cachait, elle était penchée en avant, elle était de dos, il a eu une vue imprenable sur la rotondité de ses fesses tendues et sur le sombre mystère évasé dans l'écartement des cuisses aspergées.

Eliane se retourne en se redressant. Gérard fait semblant ne pas regarder dans sa direction, mais il y est vite obligé quand la jeune femme lui dit :

— Je vais sortir... Tu peux me passer la serviette, là ?

Il la ramasse et la lui tend. Il la regarde, il ne peut s'empêcher de la regarder tandis qu'elle se sèche. Il a pensé « jeune femme » ? C'est vrai que, dépouillée de ses vêtements de bonne coupe, dépouillée surtout de sa réserve frileuse des premiers temps, Eliane Ponçon a perdu quelques bonnes années. Sa poitrine est menue mais, malgré ça, ou à cause de ça plutôt, elle est joliment dressée. Le froid y est sans doute aussi pour quelque chose. Elle a les attaches et la taille fines, et si son ventre est nettement galbé, la courbe en a du charme. A son angle inférieur, les poils très blonds sont encore emperlés d'eau, qu'un coup de linge chasse.

— Tu ne crains pas le froid, toi ! dit Gérard pour dire quelque chose...

Eliane ne répond rien, elle sort du torrent, elle vient se coller contre lui. Il est trop surpris pour dire, pour faire quelque chose. Il a le poids léger d'Eliane contre son corps, il ne sent plus son parfum mais seulement la fraîcheur nette de sa peau humide. Il va enfin refermer les bras dans le dos cambré quand Eliane se désenclave brusquement. Il reste ainsi, les bras à demi levés, il voit Eliane ramasser ses vêtements, il l'entend déclarer :

– Nous n'avons plus le temps. Nous partons.

Elle a déjà remis sa culotte caramel, sa jambe gauche cherche la jambe correspondante de son pantalon. Il n'y a plus rien à ajouter, ce n'est plus le temps, seulement celui du départ.

LES POUX DE L'APOCALYPSE

Ils ne démarrent que vers quatre heures de l'après-midi, parce qu'ils mangent, parce qu'ils boivent le café, parce qu'ils s'engueulent, parce que ci, parce que ça. Lorsque les deux véhicules s'engagent dans la descente vers une petite ville du nom d'Aspres sur Buëch, l'humeur générale n'a pas subi la moindre amélioration. Tous, ou presque tous se sont trouvés finalement bien, sur le col. Là-haut, au milieu des chèvres, des vaches, des marmottes, au milieu de nulle part, ils ont presque tout oublié. Ils s'en rendent compte à cet instant, alors qu'ils abandonnent à jamais leur territoire de robinsonnade, leur havre d'oubli. Et qu'à nouveau ils sont bien forcés de se souvenir.

— Vous avez remarqué ? fait Eliane, qui cette fois a pris place dans la Toyota, avec Gary et Luc. Il n'y a plus de brume...

Gérard se contente de hocher la tête avec une ombre de sourire, Gary s'exclame :

— Merde, c'est vrai ! La ouate a disparu... Je m'en étais même pas aperçu.

Devant le capot de la Land Cruiser, dans l'entonnoir de la vallée drômoise qui s'ouvre entre deux pans tavelés, la plaine s'étend, vaguement verte, vaguement rousse, jusqu'à l'horizon que les condensations du soir approchant brouillent déjà. On y distingue bois et bosquets, routes et villages, et la couleuvre scintillante d'une rivière, le Buëch, ou la Buëch. C'est un paysage d'avant, un paysage de toujours. La ouate a disparu, elle a fondu dans la réalité comme elle avait fondu dans la mémoire des rescapés.

— C'est comme avant ! C'est redevenu comme avant ! hurle Gary. Il se redresse au-dessus de son volant, appuie frénétiquement sur son avertisseur, entraîne la Toyota dans une série de zigzags qui lui font frôler ou mordre les bas-côtés de la route. Mais il doit se souvenir à temps du *Salaire de la peur*, parce qu'il fait vite reprendre à sa voiture le sage milieu de la chaussée.

Le convoi stoppe un peu avant d'aborder vraiment la plaine. Il fait toujours aussi beau, mais le brouillard d'octobre a commencé à ronger sérieusement l'horizon de ses grandes dents molles. Il y a toujours de-ci de-là des véhicules endormis en bordure de la chaussée ou effondrés dans les fossés, mais la vie reste absente du monde retrouvé, à part les accents circonflexes des oiseaux qui se bousculent dans le gris éteint du ciel.

— On fait quoi ? dit quelqu'un.

Il y avait longtemps ! Les rescapés discutent, se mettent d'accord sur la recherche urgente d'autres survivants, pour avoir des nouvelles fraîches de la fin du monde, ou de sa survivance, sa renaissance, toutes ces sortes de choses craintes ou espérées. Puisque la ouate n'est plus qu'un mauvais souvenir, il y a peut-être des gens dans ces maisons, ces villages tassés dans la plaine. Il faut voir, il faut y aller. Ils y vont. Mais une fois de plus leur quête bute contre le vide.

Ils visitent une première maison isolée, une autre, et plus loin un hameau, et encore un village plus important, les Groulx, qui possède même un hôtel défraîchi au joli nom mièvre du *Repos fleuri*. Seulement ce repos-là, aux fleurs séchées dans leurs pots, est celui de l'abandon, du silence. Gérard, Luc et Gary, qui visitent les pièces, ne trouvent devant leurs pas circonspects que des chambres vides qui sentent le renfermé, une salle à manger en ordre, une cuisine et ses dépendances dont le congélateur en panne pue la nourriture qui pourrit. Mais il n'y a personne. Personne : pas de cadavre plié en deux contre les murs, pas de squelette nettoyé par les corbeaux, rien. Où sont les gens ? Où sont les victimes du cataclysme — morts ou vivants ?

— Merde ! C'est pas croyable... Ils sont passés où, tu peux me dire ? aboie Gary qui ne s'adresse à personne en particulier.

Et bien entendu personne ne lui répond.

La seule réponse possible vient du ciel, un peu plus tard, alors que les rescapés se sont rassemblés dans la salle à manger, où ils grignotent leurs dernières provisions. Il fait maintenant complètement nuit, ils ont décidé de rester dans ces lieux somme toute accueillants jusqu'au lendemain. C'est Eliane, tournée vers la baie vitrée, qui voit la première la lumière dans le ciel. Elle murmure :

— Regardez... encore !

Encore, oui. Comme au-dessus du col, quelques jours auparavant, un flocon de lumière pâle, un ovale aux contours indécis vogue contre les étoiles qu'il semble bousculer au passage. Le flocon descend vers le sud, il semble poussé par un courant indolent, un courant silencieux et invisible. Mais cette fois il est beaucoup plus gros (beaucoup plus proche ?) que les trois grains lumineux aperçus dans la montagne.

Gérard frissonne, un vrai frisson, une onde matérielle qui lui est passée sur la peau. Les poils de ses bras crépitent, il repense encore au mystère de la station-service. Il échange un bref regard avec Eliane, puis avec Boisgonthier, ces deux paires d'yeux semblablement bleus, qui expriment l'une l'inquiétude, l'autre une curieuse sérénité malicieuse.

— Je crois qu'on ne peut plus douter, maintenant, fait doucement le vieil homme. Ils sont arrivés. Ce sont bien eux...

— Mais qu'est-ce qu'il déconne, celui-là ! lance Luc en accompagnant ses mots d'un geste rageur.

Il a accroché du tranchant de sa main une bouteille de vin remontée de la cave de l'hôtel, butin de l'étape, la bouteille se brise sur les tommettes avec un bruit exagéré. Là-bas, l'horizon confondu du ciel et de la terre est en train d'absorber le... l'OVNI, vraiment ? Cette fois, Gérard lui aussi est prêt à le croire. Et les petits pois froids ont du mal à passer.

— Vous verrez, dit Boisgonthier, ils reviendront. Ils atterriront. C'est peut-être déjà fait, quelque part... Et nous les rencontrerons...

— Et mon cul, c'est quoi ? crache encore Lagardère.

Mais ce ne sont pas les hypothétiques, les fantasmatiques extra-terrestres que le groupe de rescapés va rencontrer dans l'immédiat. La première vraie rencontre a lieu un peu plus de deux heures plus tard. Il n'est pas loin de onze heures, ils se sont tous ou à peu près trouvé une chambre dans l'hôtel, Gary a récupéré sa Véro, Eliane a pris une chambre seule et attend peut-être que Gérard la rejoigne, Gérard a pris une chambre seul et attend peut-être qu'Eliane... Ou Béatrice ? Mais c'est vrai que Béatrice, il se surprend maintenant à ne plus penser à elle, pendant des heures, ou même pendant une journée. C'est précisément ce à quoi il pense, allongé sur un lit, les mains croisées sous sa nuque, les yeux au plafond, le rectangle bleu de la fenêtre à sa gauche : il pense qu'il ne pense plus assez à Béatrice, et il en est triste, plus triste même que de l'absence concrète de son amie.

Un vers d'une chanson de Brassens lui revient en

mémoire : *Et c'est triste de n'être plus triste sans vous.* Mais ce n'est pas vrai, pas encore : il est triste, sans elle. Surtout à cette heure, et surtout parce que, quelques minutes plus tôt, il s'est reproché de ne pas l'être assez. Ses pensées plus que moroses l'emplissent tellement qu'au début il n'entend pas le bruit qui enfle dans la nuit. Il sursaute quand on frappe à sa porte et qu'une voix, celle de Boisgonthier, toujours le dernier à se coucher, franchit le battant.

— Gérard... vous dormez ? On vient... Levez-vous, on vient !

Cette formulation énigmatique, *on vient*, arrache le journaliste à sa couche plus sûrement que le bruit qui se précise. Un bruit grondant et discordant de moteurs...

— J'ai d'abord vu les phares, loin vers le sud... fait le petit homme.

Il tient une bougie allumée, dont la flamme fumeuse envoie des ombres biscornues sur sa figure, des ombres comiques, clownesques, peu de circonstance.

Les autres portes se sont ouvertes, les rescapés se tassent vite dans le couloir, des questions plein les yeux. En bas, les moteurs rugissent. Le vacarme a atteint son point le plus haut, puis décroît par créneaux. Les véhicules se sont arrêtés devant l'hôtel, les conducteurs, les uns après les autres, coupent le contact.

— C'est l'armée, sûrement ! s'écrie Ponçon, excité comme chaque fois qu'il pressent l'uniforme.

Son regard dévie, glisse sur Véro, nue à part la serviette de bain qu'elle a nouée autour de sa taille, et dont la lumière de la bougie exagère la grosseur des seins. En bas, on entend maintenant des voix fortes. Un dernier moteur tourne encore, au ralenti, teuf-teuf-teuf. Des coups retentissent contre la porte. Cette fois ils comprennent les paroles.

— Hola ! Les survivants ! Vous descendez, qu'on fasse connaissance !...

Des rires accompagnent l'invite. Ce n'est sûrement pas l'armée, en tout cas. Gérard croise le regard inquiet d'Eliane. Il murmure :

— Il faut descendre.

Ils s'engagent dans l'escalier, précédés de la bougie. Mais elle est inutile, le hall d'entrée est illuminé par les rais croisés de puissantes torches. Derrière les torches, des ombres s'agitent, que les lumières effleurent ou placardent. Le premier, Boisgonthier a pris pied dans le hall. Juste derrière lui, Gérard sent la main d'Eliane lui encercler le poignet.

— Bonjour... et bienvenue, dit le petit homme entre haut et bas. Nous sommes heureux de...

Il ne continue pas, parce que les rires lui coupent le sifflet. Des bottes frappent le carrelage, une seconde porte est ouverte à la volée, les ombres continuent d'envahir le hall et la salle à manger. Combien sont-ils ? Un des arrivants vient s'appuyer sur la rampe de l'escalier. Sa trogne barbue, émergeant de sous le casque relevé, frôle le nez de Boisgonthier qui recule, sans que son sourire se décide à quitter ses lèvres.

— Ben voyons ! Nous aussi, on est heureux de rencontrer nos frères humains ! rugit l'homme.

Sa réflexion déchaîne encore les rires.

Des frères humains ? Ces frères-là, Gérard Lefrançois aurait préféré ne pas les rencontrer. Sa main a agrippé dans son dos la main craintive, offerte, d'Eliane. Il essaye de la cacher de sa faible carrure. Il trouve que ça sent mauvais. Et pas qu'au figuré.

Au départ, un court moment, les arrivants font mine de fraterniser. Cela se traduit par de grandes claques dans le dos, par des poignées de mains à vous broyer les doigts. Fraterniser ? Sororiser aussi, car les deux femmes sont soumises à des attentions rapprochées, des étreintes faussement cordiales, des baisers gluants qui cherchent et atteignent les bouches qui se dérobent maladroitement. Volontairement ou pas, un des types a fait tomber le tissu de bain qui drapait Véronique et la fille est apparue nue un court instant, son abondante toison crûment éclairée par les torches.

– Vise la forêt ! a crié un type.

– Sûrement pas la forêt vierge... a répliqué un autre.

Gary n'a pas pipé. Un sourire figé ne quitte pas ses lèvres, il essaye de frimer sans vraiment y parvenir.

– Ma parole, ils sortent de *Mad Max*, ceux-là... a-t-il glissé à l'oreille de Gérard dans les secondes qui ont suivi l'intrusion.

Ses allusions cinématographiques se sont arrêtées là, n'empêche qu'elles sont justes. Les motards, ils sont neuf au total, une grosse bande, sont harnachés d'un mélange de cuir, de haillons, de bimbeloteries métalliques qui effectivement évoquent les barbares des films avec Mel Gibson, ou alors les fameux anges de l'Enfer du folklore californien. Un gros malabar a même une peau de bête autour des épaules, et plusieurs ont agrémenté leurs casques de parures découpées dans de la tôle, style chevaliers teutoniques selon Eisenstein, toujours le cinéma, mais cette référence-là ne tient probablement qu'au hasard. Les motards puent l'essence, la crasse, le vomi, l'urine.

– On connaît bien la région... commence celui qui paraît être le chef, un grand maigre qui louche et porte un collier cliquetant, curieusement fait de croix et de svastikas emmêlés. On a repéré des lumières de loin. Et vos bagnoles. Alors on a rappliqué, pour dire de faire connaissance. Dites... Vous auriez pas à boire ? La route, ça donne soif...

Ponçon saute sur l'occasion d'être aimable.

– Eliane, il reste des bouteilles à la cave... Va donc en chercher pour nos amis...

La réflexion fait ricaner deux ou trois motards, tandis que le chef qui, entre-temps, s'est présenté, il se surnomme Pee Wee, toujours le ciné, s'exclame :

— Un peu qu'on est des amis ! On est des frères ! On est les derniers et les premiers, comme c'est écrit dans l'Evangile...

— Justement, hasarde Boisgonthier, vous ne nous avez pas encore raconté comment... comment va le monde, si je puis dire. Les survivants, précisément, et... ces objets dans le ciel.

Pee Wee fixe le petit homme à la croisée de son strabisme. Il s'enfile un index noir dans une narine, dont il retire une morve tout aussi noire qu'il essuie sur son pantalon de cuir. Luc, qui est descendu à la cave avec un motard après avoir fait signe à Eliane, remonte à ce moment-là avec une panière pleine de litrons. Il est accueilli par des clameurs, les bouteilles s'arrachent, des lèvres luisantes s'accouplent aux goulots, le vin se répand sur les torses dépoitraillés. Un type jeune et costaud, beau gosse, avec une crinière noire et des yeux très bleus, a carrément assis Véronique sur ses genoux. Gary fait semblant de rien, il a même pu récupérer une bouteille aux trois quarts vide et en boit une gorgée après avoir porté un vague toast. Pee Wee s'essuie la bouche d'un revers de main.

— Le monde va bien, grasseye-t-il sans s'adresser spécialement à Boisgonthier. Disons qu'on se plaint pas. Les premiers jours, c'était le bordel à cause du brouillard. Mais quand ça s'est dégagé, à nous la belle vie ! On n'allait pas se priver, pas vrai ? Puisqu'on n'avait qu'à se servir... Et me dites pas que c'est pas ce que vous avez fait ! Nous autres, on a décidé de profiter un max de ce qui reste du monde... On a décidé de le sucer, le monde... De lui sucer le sang ! Comme des poux ! C'est comme ça qu'on s'appelle, nous autres : les Poux ! Les Poux de l'Apocalypse... Hahaha !

Le bigleux s'envoie une nouvelle rasade. Cette fois ce n'est pas la narine qu'il se gratte, mais les couilles. A l'autre bout de la salle, le beau gosse aux yeux bleus embrasse Véronique à pleine bouche en lui malmenant un sein. Deux de ses compagnons se sont approchés pour regarder la scène en gros plan. C'est le moment que choisit Gary pour dire à un motard, un barbu silencieux qui fait du lard :

— Vous devez avoir de chouettes bécanes. J'ai toujours eu envie de m'en payer une... Tu me fais visiter le parc ?

Le barbu a l'air d'hésiter, puis il entraîne Gary vers l'extérieur. Luc les suit. Dans la salle, ça continue à boire sec, à roter. Gérard ne quitte pas Eliane des yeux, ou presque. Elle s'est faite toute petite dans un coin sombre, les motards semblent l'avoir oubliée. Est-ce qu'ils sont vraiment dangereux, ou seulement des caricatures de ce qu'ils paraissent être ? Gérard Lefrançois n'arrive pas à décider. Ils n'ont pas l'air armés, mais bien sûr ils n'ont pas besoin d'armes pour faire du dégât, ils sont costauds et nombreux.

— Comment vous avez réchappé au truc, vous ? demande-t-il pour dire quelque chose, alors qu'il se fout éperdument de la réponse.

— Si je te le disais, tu me croirais pas ! se marre Pee Wee. Mais je vais te le dire quand même... On s'était fait enfermer le vendredi soir dans une boîte où on vend du vin en gros. Pour dire de picoler peinards tout le weed-end... On s'est casés dans les caves, dans le sous-sol. Ma parole, on s'est tellement beurrés qu'on a rien vu, rien entendu ! C'est que le dimanche, quand on est sortis, qu'on s'est rendu compte qu'il s'était passé du pas net...

Il se marre encore. Beurré, il est tout près de l'être encore. Les autres aussi. Le beau gosse a forcé Véronique à s'agenouiller entre ses jambes, où elle s'active. Un motard est derrière elle, le pantalon baissé. Il a les fesses très poilues.

— Vous ne nous avez pas dit, pour les objets dans le ciel, fait Boisgonthier avec une suave innocence.

— Eliane ! hurle Gérard.

Eliane a eu beau se faire toute petite, ça n'a pas suffi. Le temps que Gérard la quitte des yeux pour écouter le bigleux, cinq ou six secondes, deux types l'ont coincée, celui avec la peau de bête, qui l'a saisie par les cheveux pour immobiliser sa tête, un autre qui est en train de descendre son pantalon malgré ses ruades. A ce moment-là seulement elle crie.

— Gérard !

Lui est déjà en train de foncer.

— Hé ! grogne Pee Wee, qu'il a bousculé.

Gérard capte le regard tout étonné de Boisgonthier qui commence seulement à se rendre compte de ce qui se passe, il voit le geste qu'a Ponçon pour le retenir, tandis que le chauve bredouille :

— Faut pas s'énerver... Nos amis ont bien le droit...

Un croc-en-jambe le fait s'étaler par terre, il boule sur un corps à moitié allongé : le troisième larron occupé après Véronique, précisément après ses seins. Il tente de se relever. Eliane disparaît presque entre les deux hommes.

— Non ! non ! crie-t-elle, mais de plus en plus faiblement.

Gérard se relève, il se relève, mais il lui semble que ses mouvements sont lents, lents, d'une lenteur désespérante. Une grosse main noire et velue, aux phalanges en pattes d'araignée, fouille Eliane. Gérard entend un rire gras, il entend un son mat suivi d'un fracas de bois, il ne sait pas qu'une seule gifle vient d'envoyer Boisgonthier bouler au milieu d'un empilement de chaises. Il est presque arrivé à se relever. Il retombe. Quelque chose l'a propulsé en arrière, et ce n'est qu'en roulant une seconde fois sur le dos qu'il sent la sourde douleur naître à la pointe de son menton, enfler à sa face tout entière.

Gigantesque, la silhouette de Pee Wee se dresse au-dessus de lui. Il comprend qu'il a reçu un coup de botte dans la mâchoire.

– Ben quoi, mon pote, fait Pee Wee, hilare, il a raison, ton copain. On a bien le droit de s'amuser un peu, entre frangins...

Il ne voit plus Eliane. Si. Si, elle est là, maintenant couchée sur le carrelage, enfourchée. Il faut qu'il se relève. Il le faut. Il s'agrippe à une jambe. Sa tempe explose. Il ne lâche pas. Tout tourne, mais il essaye encore de se hisser le long de cette jambe noire, haute comme la tour Montparnasse. Au-dehors des moteurs ronflent, ou alors ce sont seulement des voix, que le ralentissement du temps subi par Gérard affecte. Un lent éclair scintillant commence à descendre vers son crâne. Presque indifférent à tout ce qui n'est pas Eliane, il regarde le météore de verre chuter vers lui avec une nonchalance appliquée. Une bouteille. La bouteille atteint le sommet de son crâne, explose avec un rire hystérique, enfonçant des échardes tournoyantes à travers tout son corps, jusqu'à la pointe de ses talons.

Et c'est la vague rouge, puis le rideau noir.

Un troupeau. Un troupeau autour de lui. C'est la première impression qu'il a en émergeant des plis du rideau noir. Des sabots innombrables qui écrasent le sol autour de lui, le piétinent. Il essaye de se garer de toutes ces masses qui frappent la terre, il se replie sur lui-même. Son corps n'est qu'une fournaise où la douleur pétille. Le rideau noir s'est déchiré, certes, mais pas la vague rouge. La vague rouge l'enveloppe toujours, elle ne fait qu'une avec la douleur. Il se débat dans cette douleur, il tente désespérément de crever la surface de la vague. Pour savoir où il est, qui il est.

– Dépêchons, les gars, on n'a plus rien à foutre ici...

La voix a crevé la vague. Mais le sens des mots se dérobe. Quand même, la cavalcade semble s'éloigner, les sabots ne le piétinent plus. Les sabots ? Quelque part, des bêtes meuglent. Des bêtes? Non, seulement des moteurs qui tournent. *Ils s'en vont.* Ce n'est qu'à la suite de cette réflexion automatique que tout lui revient. Il veut prononcer un prénom: Eliane, mais le seul son qui se glisse hors de ses lèvres est un gémissement, qui résonne bizarrement à ses oreilles. La douleur s'est condensée en un seul point de son corps: sa tête, qui semble gonfler et dégonfler alternativement. Tout à l'heure (il y a des siècles?) il s'était tassé sur lui-même. Maintenant il se déplie, il se soulève. La douleur de sa tête lui arrache un nouveau gémissement. Mais il parvient quand même à murmurer très faiblement le prénom. Personne ne répond. Eliane ne répond pas. Où est-elle? Si seulement il y voyait clair! Mais il y a toujours cette brume rouge autour de lui. Il tente de la chasser avec ses mains. Elles rencontrent un enduit humide, gluant. Du sang. Il saigne comme un bœuf. Mais son geste lui a permis de dégager sa vision. Ce qui est beaucoup dire: la salle à manger de l'hôtel baigne à nouveau dans la pénombre nocturne, que crève le grand rectangle vaguement bleuté des baies. De l'autre côté des baies, des éclairs jaunes jouent encore, fugaces, s'éloignent, se fondent à la nuit, avec le ronron des moteurs. Ils sont partis !... Au moins ils sont partis. Mais Eliane?

Il réussit à se redresser tout à fait. La douleur se répand sous son crâne en une série d'explosions lentes, la nuit tangue. Il parvient à prononcer, à voix à peu près normale cette fois:

— Eliane?

Ce n'est pas elle qui répond. Il ne reconnaît la voix qu'avec retard, car elle est curieusement déformée. C'est Luc. Luc vient de pénétrer dans la salle. C'est vrai, il était sorti avec les motards, en compagnie de Gary. Quelqu'un est avec lui, qui paraît le soutenir. Boisgonthier.

— Gérard... souffle Luc.

— Il est blessé, je crois, fait doucement le maire adjoint.

Gérard avance à pas hésitants vers le couple. Luc, blessé ? Et lui alors, avec sa tête en compote !

— Moi aussi, j'ai dégusté, dit-il en rejoignant les deux hommes.

Luc s'effondre contre lui. Ce cliché lui vient à l'esprit : une chiffe molle. Molle et suintante, bouillante. En pulsations saccadées, continues, le sang de Luc Lagardère se répand sur Gérard.

LES SOLDATS

La suite est un cauchemar. Un cauchemar rouge, un cauchemar de sang. Trop faible, Gérard n'a pu retenir Luc qui continue de glisser entre ses bras, qui s'affale doucement, qui s'allonge. Boisgonthier a entouré de son bras l'épaule du blessé, il lui soutient la tête. Tout le corps de Luc est d'un noir luisant entre la taille et les genoux. Mais ce noir est le noir du sang qui dégorge. Et Gérard voit que ses habits sont presque aussi imbibés. Pourtant il n'a soutenu son camarade que pendant quelques secondes. Mais il sent encore cette tiédeur de vie échappée qui ruisselle sur son ventre. Il s'agenouille enfin. La main de Luc vient serrer la sienne.

— Qu'est-ce qui t'est arrivé, vieux ? demande-t-il inutilement.

Dans l'ombre, il lui semble que le rouquin sourit.

— On s'est un peu bousculés, dehors... Je crois que j'ai voulu faire le malin une fois de trop... Un des types avait un couteau... Il m'a piqué, le salaud... Sur le moment j'ai cru que c'était rien du tout... J'avais rien senti... Puis j'ai vu que je pissais tout ce que je savais. C'est dans le ventre. Je crois bien que c'est foutu, pour moi...

— Déconne pas ! C'est pas parce que tu saignes... Ça fait mal ?

— Ça commence… un peu…

La main de Gérard rampe vers le ventre de Luc. Il la retire aussitôt : il a cru mettre la main dans une fondrière chaude, au centre de laquelle un geyser pulse au rythme du cœur. Cette sensation l'effraye plus que tout.

— Boisgonthier, merde, qu'est-ce que tu attends ? Va chercher des pansements, de la lumière… Tu vois pas qu'il faut arrêter l'hémorragie ?…

Le petit homme bredouille quelque chose, se lève, on l'entend heurter des meubles dans le noir. Sous les mains de Gérard, Luc tremble, il tremble de plus en plus fort, il tressaute à la mesure des pulsations du sang qui gicle par à - coups. L'artère fémorale. Quand elle est tranchée, un corps se vide de son sang en… combien ? Trois minutes ? Sept minutes ? Cauchemar.

— Un qui s'en est bien tiré… c'est cette grande gueule de Gary… parvient encore à souffler le blessé.

— Gary ? répète Gérard qui est à cent lieues de penser au bellâtre.

— Ouais… il s'est barré avec eux… Et la Toyota… Il a dit… il a dit…

Le corps de Luc s'arque d'une manière prononcée, puis retombe, se détend, frémissant encore. La bouche s'ouvre sur un sourire noir, un sourire de sang qui mousse.

— Te laisse pas aller ! Te laisse pas aller, t'endors pas ! T'endors pas, vieux…

Des paroles que Gérard a dû lire dans des livres de guerre, ou entendre dans des films de guerre. Mais c'est trop tard. Il ne saura jamais ce que Gary a pu dire, il ne saura plus rien de Luc. Le corps s'est fait subitement lourd entre ses bras. Il relève la tête, éperdu. La lumière d'une lampe de poche oscille au-dessus de lui. Un fantôme est debout dans l'obscurité. Boisgonthier ?

— Je crois qu'il est mort… murmure Gérard.

Et à ce moment-là seulement il se rend compte que le

fantôme, ce fantôme qui retient d'une main un pan de vêtement déchiré devant sa poitrine, c'est Eliane. Il l'avait oubliée. Le mort pèse dans ses bras, le sang, son propre sang, goutte toujours le long de son front, la douleur fait des allers et retours continus entre son occiput et son menton. Eliane ! Qui choisir, entre le mort et la vivante ? Question stupide. Le choix est vite fait, il se redresse, lâche Lagardère qui a fini de se vider et dont le corps retombe tout à fait dans le bruit sec du crâne qui heurte une tommette descellée, il tend les bras vers Eliane, referme ses mains sur les bras d'Eliane. Elle se raidit, elle ne se laisse pas aller contre lui. Et lui-même n'a pas les gestes qu'il faudrait pour la plaquer contre lui. Il peut sentir sur son corps l'odeur des hommes qui sont passés sur elle, la vinasse, la sueur. Le sperme. Entre la colère, la pitié, le dégoût, le chagrin, il ne sait lequel des sentiments est le plus fort. Peut-être seulement la fatigue, qui emporte tout.

— Viens... murmure-t-il. Viens !

Une bougie tremblote derrière eux, c'est Bois--gonthier. Trop tard. Il le lui annonce. Et derrière le petit homme une autre silhouette remue dans les lumières discordantes. Ponçon, figure blafarde, bouche en cul-de-poule, calvitie luisante. La haine submerge Gérard Lefrançois. Il se détourne d'Eliane, il lève un poing, ne parvient pas à le faire retomber sur cette face de cafard qu'il aimerait tant écraser. Il n'a jamais su se battre, il n'a jamais pu.

— Je sais bien à quoi tu penses... tente le chauve. Mais qu'est-ce que tu aurais voulu qu'on fasse ? Un viol, on n'en meurt pas. Ton copain, il est mort...

Cette fois c'est trop. Cette fois il va l'écraser, le cafard. Son poing tremble, c'est Eliane qui le retient.

— Laisse, Gérard. Il n'en vaut pas la peine.

Quelques mots, d'une voix nette et claire : le mépris, ça écrase aussi bien, ou mieux qu'un coup de poing.

Gérard se détourne du cafard, referme son bras autour de la taille d'Eliane. Ils vont s'engager dans l'escalier, quand une autre voix s'élève :

— Je vous remercie, tous, de vous être si bien occupés de moi...

Véronique. Elle aussi, il l'avait oubliée. Nue, souillée, elle émerge du coin d'ombre où jusque-là elle était restée accroupie, silencieuse. La tête droite, elle passe devant le couple, le précède dans l'escalier, disparaît vers l'étage, où claque une porte. Ça fait mal aussi, la honte.

L'index de Gérard parcourt le front d'Eliane, l'arête de son nez, le dessin de ses lèvres, la courbe du menton, le cou. Il suit le tracé dur d'une clavicule, s'arrête sur l'épaule. Et la main tout entière s'arrondit sur la rondeur de l'épaule. Il est un peu plus de deux heures du matin. Seulement ! Un mort, une fuite, deux viols. Tout s'est si vite passé ! Un mauvais rêve, un cauchemar. Et maintenant... maintenant ils sont tous les deux couchés dans le même lit, dans une chambre d'hôtel. Bien peu de mots ont jusque-là été échangés. Eliane a couru rejoindre Véronique, les deux femmes sont restées un court moment ensemble, mais Véro, murée, amorphe, préférait être seule. Gérard a longuement baigné ses blessures, Eliane l'a pansé. Rien de grave, seulement le cuir chevelu déchiré. Une blessure à la tête, ça saigne toujours beaucoup, même si c'est bénin. Et puis la femme est passée dans le cabinet de toilette pour se doucher. Pour se laver. Elle ne l'a fait qu'après être sûre que Gérard allait bien. Il a longuement écouté l'eau jaillir dans le bac à douche. Il a essayé d'imaginer... Non, justement, il s'est efforcé de ne rien imaginer, de ne rien visualiser. Et puis Eliane, séchée mais fraîche, est venue se couler dans le lit.

— Je voudrais te dire... pour tout à l'heure...

Elle pose son index à elle sur ses lèvres.

— C'est fini, maintenant. Il ne s'est rien passé. On n'en parle plus...

Il embrasse timidement l'épaule, à côté de sa main.

— Tu es gentille. N'empêche que j'ai été incapable de...

Le doigt accentue sa pression.

— Tais-toi!... Tais-toi...

Elle a dit ça très doucement, elle se penche, sa bouche prend la place de son doigt contre ses lèvres. Il s'embrassent. A bouche fermée d'abord. Puis à bouche grande ouverte. C'est la première fois. Et en même temps il se sent empli d'une étrange sensation de familiarité apaisée, comme si Eliane était une vieille amante, une vieille compagne. Mais il est vrai aussi que c'est une vieille compagne de cette Apocalypse qui perd de sa réalité à mesure qu'ils s'y enfoncent... Ils s'embrassent, la bouche de Gérard quitte celle d'Eliane, descend vers son sein droit, son sein menu, dont il saisit la pointe entre ses lèvres puis, très légèrement, entre ses dents. Eliane pousse un petit gémissement, elle lui caresse les cheveux, là où les pansements les laissent libres.

Et Gérard continue de se laisser glisser le long du corps d'Eliane, il lui embrasse le ventre, il lui embrasse la hanche qu'un rien de cellulite enrobe. Il hésite. Il doit chasser les images de la scène abominable. Il le doit. Il y parvient, il enfouit d'un seul coup son visage entre les cuisses ouvertes. Les poils fins chatouillent son nez, il s'enfonce dans ce qui est déjà une béance humide et chaude, et qui sent bon. Eliane gémit plus fort. Il embrasse longuement cette moiteur offerte. Puis il refait en sens inverse le chemin parcouru. Caresses, joute tendre et maladroite. Mais Gérard ne parvient pas...

— Je... je ne sais pas ce que j'ai. Je suis désolé...

Elle le fait taire encore avec ses doigts, avec sa bouche.

— Mais ça n'a pas d'importance, voyons... C'est bien comme ça.

Au bout d'un moment, alors qu'il repose entre ses bras, elle lui demande :

— Cette fille que tu as perdue... Tu penses encore à elle, n'est-ce pas ?

— Non... Oui... Mais je veux dire... ce n'est pas à cause d'elle que...

De confidences avortées en tendresses renouvelées, la nuit passe. Ils ne dorment pas beaucoup, ou pas du tout. Dans la grisaille de l'aube qui meuble la fenêtre aux volets non clos, le désir de Gérard se manifeste enfin, brutalement, durement. Et ils font l'amour, enfin. Eliane n'a pas eu d'orgasme, son corps dort depuis trop longtemps. Mais ça ne fait rien : elle est bien. Elle dit à Gérard :

— Je ne suis pas protégée, tu sais... Et je crois que je suis en pleine ovulation. Ce serait quand même drôle que je sois de celles qui vont repeupler la planète ! Mais je suis sans doute trop vieille pour faire un premier enfant...

Gérard lui dit qu'elle est bête, qu'elle est bien assez jeune. Ils sont dans les bras l'un de l'autre, ils s'endorment ensemble. Pas pour longtemps. Une heure plus tard, les soldats les réveillent.

Ils sont une vingtaine. Ils ont débarqué de deux camions et d'une jeep qui ont stoppé devant l'hôtel. Ils sont jeunes, silencieux, ils portent des treillis camouflés et des chapeaux de brousse ou des casquettes style paras, à longue visière. Ils sont armés de pistolets-mitrailleurs ou de ces récents fusils d'assaut trapus appelés familièrement « clairons ». Et pourtant, même s'ils ont plus l'air de guérilleros sud-américains que d'honnêtes troufions, il s'agit bien de représentants de l'armée française. Celui qui commande le groupe, un grand type tête nue, qui porte des lunettes noires et a un peu la touche de Gary, a fait un bref discours aux rescapés.

— Le pays est sous contrôle militaire, comme vous l'avez peut-être appris par les informations radiophoniques... Je représente la région Montélimar-Orange. Nous avons organisé un camp de transit près d'Orange. Nous allons vous y emmener, si vous le voulez bien...

Les rescapés se regardent, c'est-à-dire que Gérard, Eliane et Boisgonthier s'interrogent du regard: Véronique paraît toujours plongée dans cette prostration douloureuse qui culpabilise encore Gérard, et Ponçon est délibérément ignoré.

— Nous avons eu des problèmes avec une bande de motards... commence Gérard. Il y a eu un mort, dans notre groupe. Il est toujours dans l'hôtel. Il faudrait...

— Oui, oui, les motards, coupe l'officier qui porte à ses pattes d'épaule les deux barrettes de lieutenant. Il y a plusieurs bandes qui sillonnent la région. Nous nous en occupons. Quant à votre mort...

Il donne des ordres brefs, une section conduite par un sergent moustachu pénètre dans le bâtiment, ressort avec le corps de Luc porté par deux hommes, passe derrière l'hôtel. Les soldats reviennent vite. Ils n'ont pas eu le temps de l'enterrer, pense Gérard. Ils ont juste dû le balancer... Et puis quoi? Luc est mort, mort.

— Si je peux me permettre, mon lieutenant, fait Germain Ponçon au bord de l'obséquiosité, nous ne savons pratiquement rien sur la situation internationale. Et rien même sur le pays...

L'officier regarde pensivement l'homme qui lisse nerveusement sa moustache ridicule pour se donner une contenance. Mais, sous ses verres opaques, on ne voit rien de son regard.

— La situation internationale? finit-il par lâcher de sa voix mesurée. Vous savez, on ne la connaît pas plus que vous. Top secret ! Quant à la nation, elle est toujours gouvernée par l'autorité militaire et la prorogation de l'état d'urgence. Mais la situation est stable.

— Ce camp de transit où vous voulez nous emmener, c'est quoi, au juste ? interroge Gérard, que sa vieille méfiance pour tout ce qui touche à l'armée vient de reprendre.

Silence. Regard insondable des lunettes noires. Puis :

— C'est une simple mesure administrative. Vous serez enregistrés. Ensuite, vous pourrez gagner un camp permanent où le logement, la nourriture et la sécurité vous seront assurés jusqu'au retour progressif à la normale. Le plus proche est celui de Saint-Louis-Fos, en deçà d'Arles...

— J'aurais une autre question, dit à son tour Jean-Charles Boisgonthier. Comme de juste, elle a trait aux lumières dans le ciel.

— Vous voulez parler des Visiteurs ? répond le lieutenant après un nouveau silence. Je suis désolé, mais je n'ai aucune information particulière à vous fournir sur eux. Vous en saurez davantage au camp. Je peux seulement vous rassurer : ces manifestations n'ont pas le moindre caractère d'hostilité envers la race humaine...

Le lieutenant se détourne, se rassied à l'avant de la jeep, à côté de son chauffeur aussi immobile qu'un mannequin. Manifestement, il en a terminé avec les questions. Il ajoute cependant, sans tourner la tête :

— Si vous avez des affaires à prendre... Nous redémarrons dans cinq minutes.

Au moins, c'est net. Gérard serre la main d'Eliane, hausse les épaules. Le moyen de désobéir ? Ils emportent donc le minimum, dans des sacs de voyage, et embarquent. Eliane et Véronique, les dames, ont été priées de prendre place à l'arrière de la jeep. Les trois hommes doivent se contenter du banc d'un des camions. Ponçon a bien tenté de protester au sujet de sa Lancia, mais le lieutenant a été inflexible : tout véhicule particulier doit être abandonné, la distribution de carburant est contingentée et aux mains de l'armée.

Les moteurs, qui n'ont pas cessé de tourner au ralenti (l'armée a une manière bien à elle d'économiser l'essence), haussent le ton, le convoi démarre, plein sud. C'est encore une autre partie de l'aventure apocalyptique qui commence.

Gérard et Jean-Charles se sont serrés en bout de banc. Ils regardent pendant plus d'une heure la route cavaler derrière le camion, par l'ouverture en V de la bâche. Mais, hormis les villages déserts, rien à signaler. R.A.S., comme on dit à l'armée. En face d'eux, Ponçon essaye périodiquement d'engager la conversation avec les troufions : quelle est exactement leur mission, ce qu'ils ont vécu, comment ils ont échappé à la bombe ou aux bombes... Peine perdue : les soldats à côté de lui répondent par monosyllabes, ou pas du tout. Gérard Lefrançois n'a même pas l'impression que leur mutisme correspond à des consignes. Ils ont plutôt l'air endormi ou... indifférent. Ils sont indifférents, c'est ça, des automates, des robots en kaki,

— Y'a vraiment pas un seul d'entre vous qui aurait un clope ? fait Ponçon pour la troisième ou quatrième fois.

Il n'obtient même pas un regard. Gérard se sent envahi par un malaise insidieux, qui va bien au-delà de son simple dégoût de la chose militaire. Quelque chose ne va pas, avec ces soldats raidis dans leur attitude. Mais quoi ? Il repense au lieutenant, à ses phrases toutes faites, son regard absent derrière les lunettes noires. Pinochet. Mais il se fait peut-être des idées, après tout... En tout cas il ne dit rien à Boisgonthier, il ne veut pas l'influencer ou l'inquiéter. Ils verront bien.

Mais ce qu'il voit, au bout de la route, c'est un

campement banal signalé par un drapeau français qui pend au bout de son mât. Les véhicules franchissent deux barrières en quinconce que lèvent des sentinelles arborant le képi blanc de la Légion. Tiens donc! Il y a des tentes vert olive et des baraquements en bois de même couleur, un parc à véhicules avec quelques tanks, et même un assez vaste enclos, avec des chevaux et des mulets. Les véhicules stoppent, les hommes en descendent, et les deux femmes. Gérard reprend la main d'Eliane. Il sent peser sur lui le regard chafouin de Ponçon. Mais Ponçon n'existe plus.

— Vous allez être conduits au réfectoire où vous pourrez vous restaurer, débite le lieutenant de sa voix dépourvue d'inflexions. Ensuite vous serez dirigés vers vos quartiers provisoires et vous remplirez les formalités d'enregistrement. La suite n'est plus de mon ressort...

L'officier tourne mécaniquement les talons. Un deuxième classe apathique leur fait un signe, ils le suivent à travers un dédale d'allées entre tentes et préfabriqués, que signalent des panneaux portant des chiffres et des lettres noires, 4 A, 12 B, 25 C, indications sibyllines d'un ordre obscur au profane. Des soldats désœuvrés traînent, le camp n'évoque pas le provisoire mais une attente sans fin, la vacuité d'une présence sans emploi, la grisaille militaire dans toute sa monolithique pesanteur. Loin, dans d'autres parties du camp, les nouveaux venus aperçoivent à plusieurs reprises des civils. Mais il n'y en a aucun au long des travées poussiéreuses où ils doivent avancer d'un bon pas, d'un trop bon pas pour Véronique qui traîne, l'air absent, ses cheveux coupés groupés en mèches grasses sur son crâne. Eliane finit par lui prendre le bras pour la faire avancer. Qu'est-ce qui l'a ainsi vidée de toute volonté? Le viol? Le départ sans un mot pour elle de son amant? Le traumatisme, de toute façon, paraît durable.

— C'est ici... dit le soldat, avant de tourner les talons à son tour.

Les trois hommes et les deux femmes pénétrent dans un préfabriqué étiqueté REFECTOIRE. Dix ou quinze soldats y mangent, silencieux et mornes, accoudés à de longues tables métalliques. Mais toujours aucun civil. Derrière une banque, un militaire en manches de chemise leur tend des cartonnets plastifiés, les « rations », froides, qui comprennent une boîte de pâté, une boîte de sardines, du fromage mou, des galettes de pain, une banane.

— Il manque le papier cul et les préservatifs ! lance Ponçon.

Mais personne ne daigne rire. Le serveur propose aussi un quart de rouge par personne. Seul le chauve accepte, et se retire dans un coin pour manger en Suisse, il a dû enfin comprendre qu'il est un exilé de l'intérieur. Les quatre autres se sont réunis de part et d'autre d'une table inoccupée, mais les rations ont goût de sable, et personne n'a véritablement faim. Véronique n'a même pas déchiré l'enveloppe plastique de son carton, l'atmosphère pèse des tonnes, les grands fonds.

Gérard est soulagé quand un soldat, qui porte sur la manche gauche de son blouson le V doré renversé de sergent, vient les chercher pour « les conduire à leur quartier ». Mais il l'est moins quand il comprend qu'hommes et femmes ne peuvent partager le même bâtiment. Il tente de protester, Ponçon a une lippe ironique.

— Je suis désolé, mais ce sont les consignes, dit le sergent. (Et il ajoute, au prix d'une effort méritoire :) Ce n'est que provisoire, messieurs-dames...

— Ne t'en fais pas, sourit tendrement Eliane, on ne va pas rester longtemps séparés...

— Je l'espère bien !

Mais le quartier des hommes est loin de celui des femmes, il semble même être à l'autre bout du camp. Ponçon ricane. Les trois hommes déposent leur maigre bagage dans des boxes ne comprenant qu'un lit et une sorte de table de nuit métalliques, et simplement séparés les uns des autres par une toile tendue.

— C'est vraiment l'armée... ça ne me rajeunit pas! murmure Boisgonthier.

Le petit homme éprouve pourtant un grand motif de satisfaction alors qu'ils ressortent du baraquement sur les talons du sergent : loin vers l'horizon, dans le ciel bleu pâle des derniers jours d'octobre, une étincelle de vive lumière blanche sinue, énigmatique rappel de la présence des Visiteurs.

Gérard passe une visite médicale très sommaire, au cours de laquelle un infirmier nettoie sa plaie à la tête. Un nouveau pansement est inutile. Il subit une prise de sang, il doit également, selon la tradition, pisser dans un verre. Et aussi, plus bizarrement, subir une encéphalographie. Il en demande la raison au toubib, qui marmonne quelque chose au sujet des troubles neurologiques, du stress consécutif aux événements. Pas plus bavard que les autres, le toubib.

— Vous pouvez vous retirer, c'est terminé, déclare l'homme qui a griffonné quelques lignes sur un épais cahier.

— Mais dites-moi, objecte Gérard, vous ne faites pas d'analyse pour l'irradiation? Je suis peut-être contaminé...

Le toubib, un homme grisonnant qui porte des lunettes rondes, lève sur lui un regard sans expression.

— La radioactivité? Il n'y a rien à craindre. Et je peux vous assurer que vous n'êtes pas contaminé. Vous êtes en parfaite santé...

L'homme se replonge dans sa paperasse. Gérard sait bien qu'il n'en tirera plus rien. Un planton le conduit dans une autre baraque, où il doit attendre avant de pouvoir fournir à une auxiliaire féminine de maigres renseignements sur son identité. La femme, elle est laide avec un grand nez, ne lui demande même pas comment il a pu échapper au cataclysme. Elle s'en fout, ou elle n'a pas d'ordre pour ça. Cette fois Gérard ne se donne pas la peine d'essayer de la questionner. Les contacts humains, dans ce camp…

En ressortant, il fait un clin d'œil à Boisgonthier qui lui succède dans le bureau de l'AFAT. Il est conduit encore ailleurs, il doit encore faire le pied de grue dans une autre antichambre. Ponçon a disparu au cours d'une de ces allées et venues. Tant mieux. Le temps passe, Gérard se ronge les ongles, croise et décroise les jambes, se lève, fait les cent pas, se rassied. Personne ne s'occupera donc de lui ? La nuit est tombée quand un planton vient enfin le prévenir que le commandant du camp n'est plus disponible pour l'entretien qu'il devait lui accorder, il le verra demain matin. Ah bon ? Il y avait un entretien de prévu ? Gérard doit rebrousser chemin. Tout se ressemble dans ce camp qui ne paraît avoir ni structure ni limite. Combien de soldats y a-t-il, ici ? Tout est en ordre, le matériel est intact. Comment est-ce possible ? S'il y avait eu une attaque nucléaire sur la France ou sur l'Europe, les objectifs militaires n'auraient-ils pas dû être visés en priorité ? Le sentiment d'irréalité revient. Gérard a brusquement l'impression que tout ça n'est qu'un décor, un leurre, un faux-semblant, qui cache autre chose. Mais quoi ?

Dans le ciel nocturne, un disque poreux file silencieusement vers le sud. Les Visiteurs. Ils cachent quoi, eux ? Des engins secrets, russes ou américains ? Un nouveau Yalta, mondial et définitif ? Gérard retrouve Boisgonthier au réfectoire, où on leur sert du chaud cette fois, soupe et bifteck-pommes de terre, du classique. Les deux femmes ne les ont pas rejoints. Ni Ponçon. Gérard imagine que le beauf a fait des pieds et des mains pour qu'on lui rende sa femme. Mais non, c'est idiot: Ponçon se fout bien d'Eliane, il l'a amplement montré avec les motards. Eliane. Il aimerait bien l'avoir près de lui. Est-ce qu'il tomberait amoureux? Et Béatrice, alors?

Mais la soirée qui s'écoule à vitesse de limace ne lui apporte pas de réponse à ces questions intimes, seulement l'ennui, qui colmate tout. Le baraquement s'est peuplé d'une dizaine de réfugiés nouvellement arrivés, et qui n'en savent pas plus que quiconque. Ce sont pour la plupart des paysans ou des bergers, tous se sont trouvés isolés dans une cabane, une caverne, une cave au moment des événements, personne n'a rien vu, rien compris. Il ne reste qu'à dormir. Gérard se couche, les lumières s'éteignent, quelques bruits parviennent du dehors, un ronronnement de moteur, le hennissement agacé d'un cheval, un ordre crié, une musique rock qui vient d'un lecteur de cassette à piles. Et d'autres de l'intérieur du dortoir, un pet qui fuse, des ronflements, un sommier qui grince sous des reins agités. Béatrice. Eliane. C'est finalement avec l'image d'Eliane, l'odeur d'Eliane que Gérard parvient tardivement à s'endormir. Avec la vivante. Pas avec la disparue.

— Je ne peux guère satisfaire votre curiosité au sujet des Visiteurs. Les renseignements que je possède, qui viennent de l'état-major, sont fragmentaires. Il n'y a pas à proprement parler un secret les concernant, comprenez-moi. Mais les contacts avec eux n'évoluent que lentement. Il viennent de très loin, apparemment. Nul ne sait d'où exactement, et à ma connaissance nul ne sait encore à quoi ils ressemblent... Ce qu'il y a de certain, c'est qu'ils sont intervenus à un niveau planétaire, et juste à temps pour que notre monde échappe à la destruction totale...

L'officier cligne des yeux et se frotte les mains. Il a une tête allongée, sympathique. Il porte une grosse moustache noire et des lunettes rectangulaires sans monture qui le font ressembler de manière frappante à l'acteur Jean Bouise. Il s'est présenté comme étant le colonel Le Guen. Il a réuni dans son bureau Gérard, Jean-Charles, Germain Ponçon, Eliane et Véronique. Gérard a pu brièvement serrer l'épaule d'Eliane. Le chef du camp se fait probablement un devoir de réserver un entretien particulier à chaque nouveau groupe récupéré par ses troupes. Lui au moins a conservé quelque chose d'humain. Gérard rencontre le regard de Boisgonthier, dont les yeux bleus brillent d'un contentement enfantin. J'avais raison ! clament les yeux du petit homme. Mais est-ce si simple, si évident ? Le colonel est resté des plus évasifs quant aux causes et aux résultats du conflit, aux armes employées. Il a seulement évoqué une regrettable erreur dans les systèmes informatiques de défense. Qu'est-ce qu'on leur cache encore ?

– Les Visiteurs ont établi des bases un peu partout dans le monde. Leur but est d'étudier les humains... De nous étudier. C'est pourquoi il est souhaitable que le plus grand nombre possible de rescapés s'établissent, pour un temps qui reste à déterminer, aux alentours de ces bases. Nous ne pouvons pas leur refuser notre coopération, n'est-ce pas ? Nous autres, les forces armées, constituons si vous voulez une sorte de passerelle entre la population civile désorganisée et ces êtres venus d'ailleurs. C'est en ce sens que je vous propose de faire partie du prochain convoi en partance pour la base la plus proche, à Saint-Louis-Fos. C'est au bord de la mer, vous verrez, c'est très agréable...

Gérard fronce les sourcils. Saint-Louis-Fos ? C'est le lieu désigné par le lieutenant comme étant un simple camp de regroupement... Un regroupement pour être étudié par des extra-terrestres ?

Mais le colonel a encore un petit mot à ajouter :

— Bien sûr, si certains d'entre vous désirent contracter un engagement à durée limitée dans un service auxiliaire de notre régiment, vous êtes les bienvenus, femmes et hommes ! Il y a du travail à abattre, et toutes les bonnes volontés sont accueillies de grand cœur... Comme M. Ponçon, dont j'ai appris le statut d'officier de réserve et accepté la candidature.

Jovial, le colonel ouvre une main vibrante en direction du chauve, qui se rengorge. Gérard n'en revient pas... Ou plutôt si : ce réac minable et lâche a bien trouvé ce qu'il lui fallait. Lui à l'armée, après Gary chez les motards ! Chacun sa place...

L'entretien se termine là, le colonel n'a pas eu d'autres recrues. Alors que le petit groupe sort, Ponçon glisse entre haut et bas à l'oreille de Gérard :

— Tu dois être content, l'écolo... Comme ça tu pourras baiser ma femme autant que tu voudras. Mais je te préviens : tu vas vite te rendre compte que c'est pas une affaire...

— Pauvre con... souffle Gérard.

C'est le seul adieu auquel a droit Germain Ponçon, qui sort ainsi de l'existence de son épouse comme de celle de ses compagnons de cataclysme, sur une vaguelette nauséeuse.

Les deux hommes et les deux femmes sont embarqués dans un camion en début d'après-midi. Et, après deux heures de route sans histoire, ils arrivent à la base des Visiteurs.

LES ENFANTS DES ETOILES

Le camp de regroupement provisoire est situé en pleine Camargue, en deçà des villages de Salin-de-Giraud et de Port-Saint-Louis-du-Rhône. Pour accéder au camp proprement dit, les camions ont dû franchir une enceinte de barbelés sous un porche défendue par un poste de garde, avec des tumulus de sacs de sable dissimulant des mitrailleuses. Un camp de regroupement ou une prison ? Gérard sent, plus forts que jamais, les soupçons lui revenir. Presque la peur, qui montre son vilain museau. Dans quoi se sont-ils encore fourrés ? Où les a-t-on emmenés ? A voir ces barbelés qui s'étendent interminablement sur la terre plate et sableuse, ces soldats casqués et maussades qui passent, le va-et-vient des véhicules militaires, Gérard pense au Liban, à Israël, à l'Afrique du Sud, à tous ces pays peut-être rayés de la carte et qui vivaient entre la paix et la guerre, sous un ordre botté.

— Ça veut dire quoi, tout ça ? demande-t-il, avec une hargne qui cache son inquiétude grandissante, au sous-officier responsable du convoi.

Le soldat hausse les épaules, évite son regard.

— Ce n'est qu'une mesure de protection, monsieur. Il y a encore des bandes armées qui rôdent... des pillards. Nous sommes là pour vous protéger.

Encore ces phrases stéréotypées, ces messages qui semblent avoir été appris par cœur ! Et déjà le sergent a tourné le dos, il remonte dans la cabine du camion, les véhicules manœuvrent pour repartir. Gérard a passé un bras autour des épaules d'Eliane. Elle frissonne. Mais c'est peut-être seule la température de l'air qui est en cause. Il fait frais, un pâle soleil voilé de brume sombre derrière l'enfilade des tentes qui se bousculent vers l'ouest, entre la moirure safran des étangs. Véronique est couverte de chair de poule, mais elle ne fait pas un geste. Depuis le départ de l'hôtel, elle a remis sa robe rouge des premiers jours. Eliane se dégage du bras de Gérard, fouille son sac de voyage, en sort un gilet de laine dont elle enveloppe les épaules de la fille. Un brouhaha diffus monte du camp, fait de voix innombrables, de piétinements, de bruits de vaisselle ou d'outils au travail. Quelque part, il y a même un groupe d'hommes et de femmes qui chantent une sorte de mélopée au rythme alangui. Des mouettes criblent le ciel mauve, piquent en paillant, remontent vivement en engloutissant ce qu'elles ont chapardé. Combien y a-t-il de réfugiés, ici ? Des milliers, sûrement... Et peut-être même des dizaines de milliers. Gérard en est abasourdi. D'où viennent tous ces gens ? Il pensait la population exterminée. Et elle est là, la population, grouillante, serrée, la plage des Saintes-Maries au mois d'août.

Au-dessus de cette foule qui s'active, une lune poudreuse plafonne au zénith, une lune large comme quatre fois la lune. Un vaisseau des Visiteurs. Mais personne n'y prête spécialement attention. Est-ce qu'il y a des êtres, là-haut, en train de scruter toute cette poussière d'humanité à la manière d'un biologiste examinant des virus qui se tortillent à la surface d'une plaque ?

— On a beau savoir que c'est vrai, ça fait tout drôle, hein ?

Celui qui a parlé fait partie de la trentaine de personnes qui ont été débarquées des camions. Un type trapu, barbu, que Gérard se souvient d'avoir vu à la cantine du premier camp. Il est accompagné d'une femme boulotte aux cheveux grisonnants. Gérard leur sourit sans répondre. Drôle de sensation. Les premiers temps, ils ont désespérément cherché des survivants. Maintenant que les survivants sont foule, maintenant qu'ils sont si nombreux qu'on ne peut même plus parler de survivants, il ne trouve plus rien à dire. Alors qu'il reste tant de questions sans réponse !

— Bon, c'est pas tout ça, dit le barbu, mais on va pas prendre racine.. Tu parles d'une organisation ! C'est bien l'armée, tiens !

La réflexion fait sourire Gérard. Le barbu accroche au passage un jeune gars en blouson de cuir, l'interroge.

— Ah ! Vous êtes nouveaux, c'est ça ?... Faut pas vous en faire, c'est plutôt le bordel, dans le coin. Démerde et compagnie. Pour vous loger, ça m'étonnerait qu'il y ait encore de la place dans des baraques en dur. Mais vous pouvez toujours toucher des tentes individuelles. Il y a un poste de distribution là-bas, à cinq cents mètres à peu près. Pareil pour la bouffe, vous allez chercher vos rations aux roulantes ou aux postes fixes. Y'a aussi des blocs toilettes et des WC, vous trouverez. C'est pas le grand luxe, mais au moins on vous fait pas chier, et tout est gratuit...

— Et... les Visiteurs ? tente Boisgonthier.

Le jeune gars a une moue.

— Bof... les Visiteurs... Vous serez bien appelés un jour ou l'autre... Tout le monde doit y passer, il paraît.

Une fille lui fait signe, il court la rejoindre. Vous serez appelés, tout le monde doit y passer ?

Ils ont fait comme on leur a dit. Il n'y avait effectivement plus de place dans les baraques, mais on leur a délivré des tentes, des matelas de sol, des couvertures. En attendant mieux. Avec le mouvement, des places finiraient bien par se libérer, ce n'était qu'une question de jours. Ils ont aussi touché des rations, comme au camp, mais avec des fruits frais en plus. Il paraît que, certains jours, on peut même avoir de la viande, si on arrive à temps pour la distribution.

— Comme en U.R.S.S! dit Gérard.

Cette réflexion le fait penser à Luc Lagardère. Un nuage passe. Ils vont se mettre dans un coin libre pour planter les tentes et manger. Le barbu et sa femme, Bastien et Charlotte, sont restés avec eux. La mer n'est pas si loin, le vent qui souffle du large envoie du sable qui poudre la nourriture et craque sous la dent. Certains réfugiés ont allumé des feux qui illuminent de place en place la nuit maintenant tombée. A quelques tentes de distance, quelqu'un égrène une suite d'accords de guitare que vient soutenir une chanson en italien. Des rires de très jeunes filles éclatent. Tout ça sent les vacances, de drôles de vacances hors saison, les premiers congés payés d'un Front Populaire revisité, un Club Med minable sponsorisé par des galactiques fauchés.

— On habite Montélimar... commence Charlotte, répondant à une question d'Eliane. Je veux dire qu'on y habitait. On était tous les deux à la maison, Bastien et moi, le fameux samedi matin. On est tombés dans les pommes ensemble, sans s'apercevoir de rien. Quand on s'est réveillés, il y avait le brouillard partout, on n'a pas osé sortir. Surtout qu'on s'est aperçus qu'on était restés inconscients pendant huit jours... Vous vous rendez compte? Huit jours!

— A mon avis, c'est un truc qui a été diffusé dans l'air avec le brouillard, ajoute le barbu, géomètre de son précédent état. Vous voyez ce que je veux dire? Un aérosol qui vous shunte le circuit. Bien plus astucieux que leur bombe à neutrons... Tout le monde dans les vapes pendant une semaine, et pas une égratignure au paysage ! Pour être fortiches, je te jure, ils sont fortiches, les salauds...

Mais quels salauds ? Ça, évidemment, le géomètre n'en sait pas plus que quiconque. Ce qu'il y a de sûr, c'est qu'il ne croit pas une seconde aux extraterrestres. Du bluff ! De la poudre aux yeux, pour nous faire cocus une fois de plus...

Pendant que Boisgonthier engage le débat avec Bastien, Gérard et Eliane décident d'aller se coucher.

— Ecoute, dit Eliane, Véronique n'est toujours pas bien. Je préfère qu'on la prenne avec nous, cette nuit. Ça ne te dérange pas trop ?

Gérard grogne un peu, pour la forme.

— Je sais bien à quoi tu penses, sourit Eliane, mais on ne peut pas la laisser tomber comme ça. Elle est vraiment choquée, tu sais...

Ils se retrouvent tous les trois, serrés sous la tente à deux places. Véronique n'a pas dit un mot. Quelques petites tendresses et Eliane, fatiguée, s'endort. Gérard met plus longtemps, il entend Véronique respirer lourdement à côté de lui. Il finit par sombrer, se réveille aussitôt, c'est du moins l'impression qu'il a. Mais un silence presque total pèse sur le campement. Les sanglots de Véronique n'en sont que plus éloquents. La fille tressaute convulsivement contre son flanc, elle n'arrête pas, il ne sait pas quoi faire, il prend d'abord le parti de jouer les sourds, puis finit par poser à tâtons une main sur l'épaule nue qui frissonne.

— Véronique, voyons... qu'est-ce qu'il y a ?... Calme-toi.

De pauvres mots. Véronique se tourne, se plaque à lui, se colle à lui, fourre la tête contre sa joue. Il sent les larmes ruisseler contre sa figure, il en sent le sel sur ses lèvres.

— Véronique... allons...

Ses bras se referment dans le dos nu. Une cuisse de Véronique pèse en travers de ses jambes. Et Eliane qui ne se réveille pas ! Elle ne se réveille pas, et il commence à bander. Il en a honte, il essaye de se détourner, de se dégager, mais Véronique s'agrippe à lui de toutes ses forces, elle ne cesse pas de pleurer mais le tire à elle, l'enrobe, ses mains parcourent son corps, l'une s'arrête sur son bas-ventre, l'empoigne à travers son slip, le dégage, commence à le caresser avec violence.

— Véronique...

Mais le désir submerge la honte. Véronique le branle, ses seins roulent sur sa figure, il mord dedans, Véronique l'escalade, se cambre, introduit son sexe dans son con brûlant, s'agite sur lui en un mouvement accéléré. Les pointes durcies des seins fameux de la fille se promènent sur sa poitrine, il a saisi ses fesses, il ne se contrôle plus, il halète, il sent le plaisir monter, monter, il ne peut se retenir de crier, il explose, il jouit, il décharge, ses ongles griffent les fesses de Véronique, il décharge, il n'arrête pas de décharger, pourtant c'est si vite fini, si vite fini... Véronique se dégage de lui, elle n'a pas dit un mot, n'a pas cessé de pleurer, et là encore, dans l'obscurité, alors que son sexe humide se fane sur son ventre, il l'entend hoqueter à côté de lui, et en même temps à des lieues de lui. Le plaisir a fui à une distance incommensurable. Une main légère se pose sur son bras droit. Il en saisit les doigts, la honte est revenue. Il murmure :

— Eliane... je ne sais pas ce qui m'a pris... Je suis...

Cette fois encore elle le fait taire de son index sur ses lèvres. Il se blottit contre elle, au bout d'un moment elle dit :

— Tu sais bien que ça n'a aucune importance... tu crois que je suis jalouse ?

Elle a un petit rire. Y a-t-il cette fois un peu d'amertume dans sa voix ? Elle dit encore :

— Si tu t'imagines que je n'ai pas déjà vécu ce genre de situation... Il y a eu une époque dans ma vie où Germain était friand de rencontres à plusieurs. Mais ce n'était pas pareil, bien sûr...

Gérard est surpris, troublé, déçu par cette confidence. Il n'en saura pas plus. Il préfère. Il serre très fort les doigts d'Eliane. La respiration de Véronique est devenue lente et régulière. Elle dort. L'un après l'autre, Gérard et Eliane la rejoignent.

Une drôle de nuit.

Le lendemain, ils vont voir les Visiteurs.

La base est loin de l'endroit où ils ont installé leurs tentes, à trois kilomètres au moins, en direction des Saintes-Maries. Trois kilomètres grouillant de monde, un campement qui n'en finit pas. Ici un groupe de vieilles femmes en noir palabre, tourné vers la mer, là des hommes bâtissent un long hangar en planches, là encore une très belle fille en robe clinquante, sans doute une gitane, danse au milieu d'un cercle de mains qui battent, et malgré la fraîcheur du temps, des enfants jouent pieds nus à la limite des vagues. Vacances. Aucun soldat n'est en vue, les barbelés sont loin vers l'intérieur des terres. Vacances. Les mouettes sont plus nombreuses, plus jacassantes que jamais, le cercle lumineux (faut-il dire l'OVNI ? Faut-il dire l'astronef ?) plafonne toujours au zénith, dédoublant le soleil que voilent les concrétions translucides de la saison.

La base est visible à plus d'un kilomètre. C'est d'abord une simple ligne lumineuse à l'horizon. Puis une règle métallique posée entre terre et eau. De plus près, elle semble de même nature que les phénomènes célestes : métal produisant une luminosité propre ou énergie condensée, elle n'est qu'une forme allongée aux arêtes floues, une barrière colossale sans aucune structure, sans aucune ouverture décelable. La base n'est qu'un mystère luisant, le produit indéniable d'une technologie étrangère, complètement irréductible aux normes terrestres. Ce n'est pas tant quelque chose qu'on voit. C'est quelque chose qu'on sent. La base est parcourue de vibrations à peine perceptibles, mais qui font larmoyer les yeux si on la fixe trop longtemps. Une fois encore, Gérard sent les poils de ses bras se hérisser, chargés d'électricité. Il sent ses cheveux voleter. Il regarde Eliane, ses boucles blondes se dénouent, se tordent. Et pourtant ils doivent se trouver à plusieurs centaines de mètres de la paroi immatérielle. Combien peut-elle mesurer? Au moins cinq cents mètres de côté. Et en hauteur? L'équivalent d'un immeuble de dix ou quinze étages... Mais en l'absence de tout point de comparaison, de tout repère à la surface de laiton étincelant, il est difficile de se faire une idée exacte de ses proportions.

La base mord en partie sur la plage, mais l'essentiel de sa surface est posé sur la mer — ou s'enfonce sous les flots. C'est vrai qu'elle ne semble avoir aucun poids: ce n'est pas un artefact construit avec des matériaux solides, seulement un volume de lumière solidifiée venu d'un incompréhensible néant. Gérard échange un regard ironique avec Bastien, dont le visage massif et buriné exprime une stupeur butée.

— Alors, tu penses toujours que c'est de la frime, les Visiteurs?

La phrase fait rire un gros type en pull marin, dont l'estomac déborde. La foule est dense aux abords de la base, sûrement plusieurs milliers de personnes, au coude à coude, qui observent l'incompréhensible. Quelques-uns ont des jumelles, juste devant Gérard une femme prend une photo.

— Personne ne sait d'où ça vient, personne! fait le type en pull marin du ton de celui qui énonce une vérité première. Il paraît que le jour où la brume a disparu, c'était là, voilà tout...

La main de Gérard joue avec les doigts d'Eliane. Il ne sait pas quoi penser. Les Visiteurs invisibles, leur base mystérieuse, leurs vaisseaux comme des soucoupes volantes... Ça ressemble tellement a un mauvais feuilleton de science-fiction ! Son regard passe machinalement sur Véro. Sa bouche est entrouverte, elle ne quitte pas la base des yeux, elle ne fait pas attention à lui. Personne n'a fait la moindre allusion à ce qui s'est passé pendant la nuit. Les bras croisés de la fille relèvent ses seins. Par l'échancrure confortable de la robe rouge, les deux globes satinés semblent prêts à prendre leur envol. Gérard détourne vite la tête. Trop d'images et de sensations, tout d'un coup. Et, corollaire, une érection qui pointe.

Un mouvement de foule le détourne de son coupable émoi. A une dizaine de pas, une tranchée s'ouvre au milieu des assistants pour laisser s'écouler une théorie d'hommes et de femmes vêtus d'amples vêtements bleus, qui marchent à lentes foulées vers la base en chantant une mélopée atonale où Gérard ne reconnaît que deux syllabes répétées en boucle : « Aaaaa-Ouaaaale... Aaaaa-Ouaaaale ». Il se hausse sur la pointe des pieds pour mieux voir, les chanteurs ont une expression extatique figée sur leur visage, certains avancent même les yeux clos. Sur leur robe de tissu bleu sombre maladroitement assemblé sont cousues ou peintes des grappes d'étoiles jaunes.

— Qu'est-ce que c'est ? demande Gérard au pull marin.

— Eux ? Ce sont les Enfants des Etoiles... Une sorte de secte, ou de religion. Ils accompagnent un groupe d'appelés...

Gérard fronce les sourcils. La file a maintenant dépassé le premier rang des badauds, et il se rend compte qu'effectivement quatre ou cinq personnes des deux sexes non revêtues du déguisement « Enchanteur

Merlin » cheminent au centre de la colonne. Celle-ci s'arrête bientôt au milieu de l'espace dégagé entre la foule et la base. Le chant se fait plus puissant. Mais ce n'est pas exactement un chant, plutôt un mantra, et Gérard comprend brusquement que le groupe des robes bleues ne prononce pas « Aaaaa-Ouaaaale », mais « Va aux étoiles ».

Ils se sont alignés face à la base, les cinq individus qu'ils ont accompagnés, deux hommes et trois femmes, continuent de marcher. Les appelés. Ils continuent de marcher, ils s'enfoncent dans la luminosité sourde qui nimbe la base, ils disparaissent. Un grand soupir, collectivement exhalé par des milliers de bouches, monte de la foule. Aucune porte ne s'est ouverte dans l'enceinte mystérieuse. Les deux hommes et les trois femmes se sont simplement noyés dans la lumière diffuse qui pique les yeux jusqu'aux larmes. Les appelés. Tout le monde doit y passer, il paraît. Leur but est d'étudier les humains…

Gérard se secoue, il a de la peine à ordonner ses pensées, à se sortir de ce sentiment d'hypnose cotonneuse qui l'étreint. Il se frotte les yeux, il veut demander encore quelque chose au type en pull, mais il a disparu. Devant lui une femme secoue la tête, les mains sur ses tempes. Ses doigts broient les doigts d'Eliane.

— Un contact avec une race extraterrestre… pour la première fois dans l'histoire de l'humanité. Vous vous rendez compte ? souffle Boisgonthier, aux anges.

Les Enfants des Etoiles reviennent, en ordre dispersé cette fois, ils ont interrompu leur mantra, ils se mêlent à la foule.

— Rejoignez-nous. Rejoignez les Enfants des Etoiles. Aidez-nous à accompagner les élus. Notre devoir est d'être au côté des appelés, jusqu'à ce que nous soyons appelés à notre tour…

Le soir, le groupe se rend à une réunion des Enfants des Etoiles. Ou faut-il appeler cela une messe, une cérémonie, une méditation sur le mode zen? Un peu tout cela à la fois. Les Enfants ont dressé un vaste chapiteau en face de la base, dont la toile est, comme leurs vêtements, d'un sourd bleu nuit piqueté d'étoiles naïves. Plus de mille personnes se pressent sous le chapiteau, et peut-être bien le double. C'est Véronique qui, sortant de son silence, a insisté pour se rendre à la réunion, annoncée à travers le camp par des zélotes. Boisgonthier l'a soutenue. Les autres ont suivi, sans enthousiasme.

Comme de juste, la session débute par un discours d'un des Enfants, sans doute un grand prêtre, un gourou. Ses paroles, qu'aucun haut-parleur n'amplifie mais qui résonnent clairement au-dessus des assistants figés par l'attention, n'ont rien que de très banal.

— Du plus loin que l'humanité a pris conscience d'elle-même et de sa place infinitésimale dans l'univers, elle les a attendus. Des religions se sont constituées pour annoncer leur venue. On les a nommés de différentes façons, et on leur a prêté des aspects, des transcendances, des finalités bien divers... Ces hypothèses n'ont aujourd'hui plus de sens, car ils sont là! Quelles que soient les raisons de notre attente, nous avions raison d'attendre! Car ils sont là...

Un chapelet de voix répond en chœur: « Ils sont là! »

— Ils sont là pour nous, reprend l'officiant dont les bras se sont dressés vers le ciel. Ils sont venus des étoiles pour nous. Ils nous ont sauvé de l'Armageddon. Mais le plus important n'est pas là. Le plus important, c'est ce qu'ils sont venus nous dire... Et ce qu'ils sont venus nous dire, vous le savez déjà, toutes et tous. Ils sont venus nous dire que nous sommes toutes et tous des Enfants de Etoiles, et que le moment est arrivé pour les humains de rejoindre la grande fraternité galactique, la fraternité des étoiles... Je vous le dis, nous sommes tous des Enfants des Etoiles!

— NOUS SOMMES TOUS DES ENFANTS DES ETOILES! psalmodie la foule.

Par la suite le discours glisse vers un appel à rejoindre la confrérie, modeste lien entre l'humanité encore dans la pénombre et l'énergie rayonnante des Enfants des Etoiles, qui va peu à peu couvrir la Terre... Gérard s'ennuie. Quand les mantras commencent à s'élever, il propose la fuite. Eliane, Bastien et Charlotte gagnent la sortie avec lui, mais Jean-Charles a préféré rester encore un peu. Quant à Véro, il y a longtemps qu'elle a joué des coudes pour s'approcher de la tribune. Grand bien lui fasse!

— Religion, opium du peuple... grogne Gérard une fois dehors.

Il mêle son rire à celui de Bastien, qui apprécie. La nuit est calme, quelques feux brasillent, les vagues murmurent, deux lentilles de lumière glissent au ras de l'horizon marin. A mi-chemin des tentes, Gérard et Eliane s'arrêtent, s'enlacent, s'embrassent. Eliane a les lèvres fraîches. Sous la tente ils peuvent faire l'amour en paix, tendrement, tranquillement. Peut-être trop tranquillement. Eliane est douce et passive, Gérard ne peut écarter de son esprit l'image de Véronique cambrée sur lui, le clouant de son ventre en folie. Il s'en veut. La phrase de Ponçon, sale vinaigre, rôde en lui. Tu vas vite te rendre compte que c'est pas une affaire. Il s'en veut, il s'en veut. Et il est sûr qu'Eliane n'a pas joui.

Il s'endort avant elle, taraudé de pensées négatives.

L'APPEL

Le lendemain matin, quand ils se réveillent, Véronique n'a pas regagné la tente.

Vers midi, alors que le groupe s'active autour des braises du foyer où ils vont faire cuire des poissons touchés au plus proche poste de distribution, Bastien s'emporte.

— Mais qu'est-ce qu'elle fout, la Charlotte ! Elle est pénible, celle-là... Toujours à hue et à dia...

Il mange du bout des lèvres, s'éloigne à grandes enjambées en mordant dans une pomme, crachant dans sa barbe des menaces démesurées à l'encontre de son épouse. Quand il a tourné les talons, Gérard et Eliane se soupèsent du regard.

— Vous avez la même idée que moi, n'est-ce pas ? dit Jean-Charles Boisgonthier. Mais si c'est le cas, pourquoi s'inquiéter ? Je trouve ça merveilleux, moi, que les Visiteurs tiennent à faire notre connaissance individuellement. Vous imaginez les trésors d'attention que cela suppose ? Des milliards de Terriens...

Dans l'après-midi, Gérard a tenu à retourner aux abords de la base. Les curieux sont toujours aussi nombreux à l'observer, même s'il n'y a rien à voir. Rien à voir ? Si, quand même, les appelés qui, par petits groupes, se laissent boire silencieusement par la muraille poreuse. Il en arrive de temps en temps, trois jeunes filles qui ont l'air de trois sœurs, un petit bonhomme souriant sous sa moustache, une assemblée disparate où se détache un grand homme maigre à l'allure d'ecclésiastique, et puis encore un couple de hasard, une femme hautaine et trop maquillée qui porte un manteau coûteux, un jeune homme à cheveux longs, en jeans et baskets.

Les appelés semblent paisibles, des promeneurs insouciants naviguant dans un rêve heureux. Ils vont vers la base, sans hésitation, jusqu'au moment où le regard les perd, où la scintillation les absorbe, dissocie leur silhouette. Gérard aimerait en saisir un par le bras, le secouer, lui crier en pleine figure : « Mais vous savez seulement où vous allez, comme ça ? Vous savez ce qui vous attend ? » Il n'ose pas. Chaque groupe d'appelés est accompagné par une cohorte plus ou moins nombreuse d'Enfants des Etoiles, qui ânonnent leurs mantras.

C'est au nombre de ces accompagnateurs qu'il reconnaît Véro. Dans un premier temps, il ne l'a pas vue. Il ne la remarque que quand les Enfants, qui ont laissé filer leur contingent d'appelés vers leur sort, refluent vers le chapiteau. Véro a revêtu la tenue standard, cette robe ridicule dont les pans traînent dans le sable. Leurs regards se croisent, elle s'arrête près de lui. Il sourit gauchement, il ne sait plus trop quoi dire.

— J'ai trouvé ce qu'il me fallait, parmi les Enfants des Etoiles. Je suis bien avec eux. J'ai vécu trop longtemps sans savoir quoi faire de ma peau. Maintenant je me sens... utile. Tu comprends ?

Gérard ne peut que hocher la tête. Véro a changé. Il ne se rappelle pas l'avoir entendue prononcer un si long discours. Ce n'est plus la minette falote des débuts ni la coquette adepte du bronzing de la période montagnarde, ce n'est plus la créature atone blessée par le viol et la fuite de son amant. Et ce n'est plus cette fille qui, l'autre nuit...

— Dis-moi au moins, fait vivement Gérard pour refouler l'émotion qui reparaît, les appelés... comment... Je veux dire, comment sait-on qu'on est appelé ?

Véronique s'éloigne déjà. Elle se retourne pourtant, elle sourit.

— Ne t'inquiète pas pour ça, Gérard. On le sait. On le sait...

Près des tentes, il retrouve Bastien et Eliane. Il leur raconte la rencontre. Bastien lève un regard sombre vers lui.

— Baratin, tout ça... Et Charlotte, alors ? On est mariés depuis vingt-cinq ans. Si elle en avait eu la possibilité, elle m'aurait prévenu, cette blague ! Les appelés... Des enlèvements, oui ! Est-ce qu'on sait ce qu'on leur fait subir, dans ce machin ? Personne vous dit rien ! Je suis allé gueuler au poste de garde, tu penses bien. Pour des prunes, naturellement !... Ces troufions, tu peux pas leur tirer trois mots. On dirait qu'on leur a lavé le cerveau.

— Ecoute, objecte faiblement Gérard en s'agenouillant près du barbu, on nous a quand même dit qu'ils voulaient nous étudier. Quand ta Charlotte reviendra, elle te racontera, et on saura tout...

Le géomètre ricane. Sa grosse main aux doigts épais ne cesse de tracer des figures sibyllines dans le sable.

— Quand elle reviendra ! Elle est bonne, celle-là. Tu en as vu revenir, toi, des appelés ?

D'autres jours s'écoulent, deux, trois. L'automne frissonne entre le ciel clairet et le vent marin, la vie au campement est devenue routine. Quelle date, aujourd'hui ? Ni Gérard ni Eliane ne comptabilisent plus les jours. 5 ou 6 novembre, sans doute. Mais quelle importance ? Gérard passe presque toutes ses journées aux abords de la base, avec les milliers d'autres qui font comme lui, par curiosité, parce que c'est un remède contre l'ennui, ou par inquiétude, pour voir ce qui va arriver. Il a interrogé des tas de gens. Quelqu'un sait-il si des appelés ont été revus sains et saufs après leur séjour à la base ? Il ne récolte que des moues d'ignorance, des mimiques apeurées, des discours sans queue ni tête... Personne ne sait. Pire : personne ne veut savoir. Pourtant Gérard a acquis la certitude que les appels sont de plus en plus nombreux. Le premier jour, il n'a pas dû y en avoir plus de quelques dizaines. Trois jours après, il en a compté plus d'une centaine entre le début de l'après-midi et la tombée du jour. Toujours des adultes. Il a remarqué qu'aucun enfant, et ils sont pourtant nombreux au camp, n'a jamais pénétré dans la base. Pourquoi ? Ne serait-il pas logique de penser que les extraterrestres devraient être également désireux d'étudier les jeunes humains ?

Des idées cauchemardesques naissent dans l'esprit de Gérard. Les Visiteurs capturent les humains pour les manger. Bien sûr, c'est un scénario qui lui vient d'une connerie de feuilleton d'anticipation qu'il a vu il y a quelques années à la télé. Mais si c'était vrai ? Et si ce n'est pas pour nous bouffer, c'est pour autre chose de tout aussi horrible. Il existe un plan machiavélique pour l'asservissement de la race humaine, que les Visiteurs accomplissent avec la complicité de l'armée, de toutes les armées du monde entier. Militaires de tous pays, unissez-vous. Parce qu'évidemment, il n'y a jamais non plus de soldats, parmi les appelés. Les soldats servent... quel avait été le terme employé par le colonel Jean Bouise ? Les soldats servent de passerelle pour... Pour quoi, bordel de merde ? Pour quoi, dieu du ciel ?

Gérard Lefrançois ne sait plus à quel saint se vouer. D'autant qu'il est athée. Et il ne sait plus à qui parler. Eliane a décidé de s'occuper, avec d'autres volontaires, de la distribution quotidienne de nourriture. Il ne la voit que le soir, et il n'a plus envie alors que de se réfugier dans sa tendresse. Jean-Charles Boisgonthier aussi se fait rare. Gérard l'a vu plusieurs fois en grande conversation avec un jeune gars. C'est peut-être le vieux pédé qui se réveille. Ou, simplement, le petit homme a-t-il enfin trouvé quelqu'un qui est sur la même longueur d'onde que lui au sujet des grands galactiques, des anges gardiens et autres fariboles.

Le quatrième jour, c'est au tour de Bastien d'être appelé. Au moins, il a rejoint sa femme.

Le quatrième jour, la base est le lieu d'un événement exceptionnel. Gérard, qui la couve d'un regard que l'évanescente lueur embrume, a d'abord l'impression que la tranche supérieure de la muraille se met à flamber ou à fumer. Puis il se rend compte qu'en réalité le sommet de la base se dédouble, se scinde en deux. Au bout de quelques secondes, une barre lumineuse s'est nettement détachée de l'arête que viennent encore créneler des tentacules de brouillard argenté. La barre continue de s'élever, elle monte vers le ciel, rompant les dernières radicelles scintillantes qui l'attachaient à la muraille. La barre monte, s'incurve, s'ovalise, s'arrondit. Elle stationne quelques minutes à un millier de mètres peut-être d'altitude, puis prend un départ fulgurant vers les profondeurs du ciel. La base a donné naissance à un vaisseau.

Pendant toute la durée du processus d'enfantement, ou plus simplement d'arrachement, les assistants ont retenu leur souffle. D'innombrables « Ahhhh ! » de saisissement ou d'émerveillement ont accompagné le départ de l'engin, quelques imbéciles ont même applaudi.

Et à peine l'objet volant s'est-il défilé que de nouveaux appelés franchissent le cordon des curieux, accompagnés par le groupe habituel de robes bleues. Gérard se détourne. Il en a marre, subitement, il s'ouvre un chemin brutal dans la foule. Il n'a même pas regardé le visage des partants. Dans la colonne qui se dirige vers la base, se trouve un jeune homme portant lunettes et vêtu d'un costume sport. Il avance au même pas lent et assuré que ses compagnons, les yeux éteints, la bouche entrouverte sur un fantôme de sourire. Autrefois, dans sa vie antérieure, il était ingénieur atomiste. Maintenant ce n'est qu'un appelé anonyme. Mais jadis, il s'est appelé Michel Suscillon.

Gérard avance vers la base. Il a déjà dépassé d'une dizaine de pas la toute première rangée des curieux. Il sent au creux de sa nuque le poids fourmillant de centaines de regards. L'envie de se retourner le tenaille. Il résiste. Encore cinq pas. Les poils de ses bras, tous les poils de son corps crépitent. Il sait que ses cheveux se sont dressés sur sa tête. Il avance. Encore deux pas, trois... Le sable colle à ses semelles. Il avale sa salive, il a la gorge plus desséchée que s'il avait parcouru vingt kilomètres en plein désert. Encore un pas... deux. Mais comme il est difficile de simplement soulever son talon au-dessus du sol ! Encore un effort... Allez ! Tu dois y arriver...

Il n'a pas prévenu Eliane. L'idée, l'idée folle l'a tenu éveillé presque toute la nuit. Il va essayer de pénétrer dans la base. Il ne va pas attendre d'être appelé, s'il l'est jamais. Il va y aller tout seul, volontairement, en pleine conscience. Ou en pleine inconscience. En tout cas il veut savoir. Un pas...

Son pied reste suspendu à quelques centimètres du sable. Il ne parvient pas à donner à ses muscles engourdis l'ordre nécessaire pour que sa jambe refasse ces quelques centimètres en sens inverse. Il est courbé en avant, comme si un vent violent le fouettait. Mais il n'y a pas de vent. Pas de vent terrestre, en tout cas. La seule force qui le frappe vient de la base, un ouragan invisible d'énergie dure qui le bombarde, le traverse, fouaille la moindre de ses cellules. Il ne peut plus faire un mouvement, il a l'impression de rester des heures figé, le pied en l'air, à la manière d'un héron perdu dans la tempête. Ses cheveux sont la proie d'une bourrasque d'étincelles bondissantes, ses tempes sont prises dans un étau de feu, la totalité de son épiderme le démange d'une manière intolérable. La houle le traverse, le repousse. La houle traverse son cerveau, une grande voix assourdie qui lui parle un langage inconnu dont la signification est pourtant claire. Il peut enfin poser son pied à terre, il recule d'un pas... de deux pas. Sans avoir eu vraiment conscience de ses mouvements, il se retrouve marchant vers la foule, dos tourné à la base. Il n'a pas dû faire plus de vingt pas en avant. Ses cheveux dégorgent leur trop-plein d'électricité statique, la démangeaison s'apaise, ses tempes décompressent, le libérant de la houle, de la voix. Il essuie d'un revers de main les larmes qui noient ses yeux brûlants. Il n'y arrivera pas. Ce n'est même pas la peine qu'il essaye encore une fois, il n'y arrivera pas.

Un long type maigre qui porte des lunettes ovales et une barbiche poivre et sel, une tête à la Trotski, l'apostrophe avec un mélange d'ironie et de désespoir.

— Vous avez essayé d'y aller sans être appelé, hein ? Vous croyez que vous êtes le premier ? Mais il n'y a rien à faire, vous savez... Ils sont trop forts pour nous, monsieur. Ça oui, ils sont trop forts...

Deux autres jours s'écoulent, ou trois. Le flot des appelés est maintenant ininterrompu. Les phénomènes célestes se multiplient, deux autres vaisseaux se sont détachés du sommet de la base, un autre est venu s'y fondre. Ces envols sont une attraction supplémentaire, la foule est plus dense que jamais aux abords de la structure de lumière.

Gérard et Eliane font l'amour tous les soirs, un rite. Ils ont perdu Jean-Charles Boisgonthier, le petit homme a sans doute été appelé, à moins qu'il n'ait finalement décidé de rejoindre les Enfants des Etoiles, dont le nombre augmente lui aussi de jour en jour.

A part ça rien ne change, le monde extérieur s'est délayé doucement dans l'absence persistante d'informations, l'Apocalypse n'est plus une catastrophe brutale, c'est un état de fait, c'est l'état du monde.

— Il faut partir, tu sais… Je ne sais pas comment on va retrouver le pays, mais moi je veux foutre le camp. Je ne tiens plus, ici. Tu n'es pas de mon avis?

Gérard caresse du bout des doigts la joue d'Eliane. Elle lui prend la main, embrasse doucement sa paume. Elle ne se maquille plus, le vent salin a accusé les dures rides au coin de ses yeux et de sa bouche, sa beauté mûrissante se concentre dans le charme bleu de ses yeux.

— On peut toujours essayer… murmure-t-elle en jouant distraitement avec l'index et le majeur de son jeune amant.

Ils peuvent toujours essayer, certes. Ils le font le matin même. Et c'est l'échec. Mais Gérard ne le savait-il pas à l'avance?

— Je suis désolé, mais ce sont les ordres. Nous ne pouvons laisser sortir personne sans autorisation spéciale. Il faut attendre que les conditions normales soient rétablies dans le pays…

Successivement un planton, un sergent, un lieutenant, tardivement apparu parce qu'il a fait du chambard, leur ont récité les mêmes phrases, exactement.

— Mais à qui faut-il la demander, cette autorisation spéciale? tente Gérard en désespoir de cause.

Le lieutenant fixe un point situé à quelques centimètres au-dessus des yeux de Gérard. Il ne semble déjà plus là. Avant de tourner les talons vers son bureau, il lance encore :

— Il faut suivre la voie hiérarchique. Mais je ne vous cache pas que...

Le reste de sa phrase se perd dans un grommellement. Je ne vous cache pas que... Il cache tout, au contraire. Comme les autres. C'est le règne de Kafka. Gérard serre les poings. Les sentinelles le regardent d'un sale œil. Et leur troisième œil, le petit œil noir de leur fusil d'assaut braqué, n'a pas un regard plus aimable.

— Viens, je t'en prie... Tu vois bien que c'est inutile.

Eliane le tire par la manche. Il mollit, cède. Le poste de garde est entouré par vingt ou trente personnes qui s'agglomèrent près des barrières et échangent avec Gérard des mimiques éloquentes. Eux aussi ont tenté de passer. Mais on ne passe pas. Parmi eux se trouve le grand type à la tête de Trotski. Il est donc partout, celui-là ?

— Vous avez raison de tout essayer, même si tout est inutile... fait le type de sa voix à la fois abattue et grinçante. Il paraît qu'hier une cinquantaine de personnes ont tenté de passer en force. Les gardes ont cogné. Il y a eu des blessés. On murmure même qu'ils ont tiré...

L'après-midi, Gérard ne se rend pas aux abords de la base. S'il y était allé, il aurait pu remarquer au sein d'un groupe d'appelés un grand homme aux cheveux bouclés dont le menton s'orne d'une sombre barbe en broussaille et qui porte une sorte de treillis vert foncé maculé de cambouis. Cet homme s'est autrefois appelé Jérôme Danielli. Mais il se faisait plus familièrement surnommer Gary.

— Le sable a l'air plus mou, ici... Creuse, creuse ! Je suis sûr qu'on va y arriver...

Gérard s'acharne dans le sol. Ce n'est pas si facile. Il y a bien une couche de sable meuble à la surface, mais passé une vingtaine de centimètres on retrouve la terre, dure et caillouteuse. La mauvaise pelle de camping s'est déjà tordue. A côté de lui, Eliane creuse à l'aide d'un simple couteau de cuisine. C'est sûr que son aide n'est pas très efficace. Gérard jure, tousse, relève une mèche trempée de sueur qui lui tombe dans les yeux. Avant de se faufiler hors de leur tente pour l'expédition de la dernière chance, ils ont attendu trois heures du matin. Il pose la main sur l'épaule d'Eliane, une excuse pour souffler. Les barbelés, tirés au ras du sol, lui ont déjà cruellement déchiré l'épaule. Pour l'évasion, il a choisi un endroit isolé, dans les dunes, entre deux étangs, et à équidistance de deux postes militaires. Ce n'est pas gagné. Mais ils vont y arriver. Il vont y arriver !

— Creuse... On tient le bon bout...

Il respire un grand coup, s'y remet. Le tranchant de sa pelle, un bruit cinglant qui s'entend sûrement à dix kilomètres, sonne sur une pierre, se détache du manche.

— Merde...

Il reste peut-être deux ou trois secondes à contempler dans la pénombre son outil inutilisable, et puis le monstre, venu de nulle part, fond sur lui. Hurlement dans ses oreilles, terre qui explose devant son nez, nappe de fusante lumière blanche qui lui traverse les yeux. Il bondit en arrière, son cœur s'arrache de sa poitrine.

— Reculez, s'il vous plaît... Regagnez votre tente ou votre baraquement. Vous n'avez rien à faire ici...

La voix est atone, des ombres se meuvent en deçà des barbelés, rendues confuses par l'éclatement des torches. Il n'y a pas de monstre, seulement une patrouille, avec un chien dont les pattes ont labouré le sol à quelques centimètres de sa figure, et qui gronde encore. Le cœur de Gérard reprend peu à peu son rythme normal. Qu'il était donc naïf d'avoir cru pouvoir jouer les évadés... Kafka ? Il n'a pas seulement écrit *Le procès,* mais aussi *La colonie pénitencière,* arrière-grand-parent du Goulag. Les soldats sont immobiles, les torches lui poinçonnent toujours les yeux, recouvrant en même temps Eliane d'une laque plâtreuse. Il soupire, pose la main sur la sienne.

— Viens. On rentre chez nous.

Gérard se laisse retomber sur le corps de sa compagne. Son ventre se colle à son ventre, sa poitrine aplatit les seins menus dont il sent sur sa peau la double turgescence des tétons. Son souffle vient se mêler au souffle d'Eliane. Au point nodal de son plaisir, la fournaise redevient braises, avant que d'être cendres. Ses mains quittent la taille cambrée, viennent encadrer les joues qu'il caresse du bout des doigts, avant que ses deux majeurs ne commencent à suivre les détours cartilagineux des lobes, ce double coquillage. L'échange des souffles s'étouffe sur un baiser prolongé, à goût de salive amère. C'était bien, cette fois. C'était très bien, l'ombre de Véronique n'est pas venue s'immiscer entre eux et, il en est sûr, Eliane a eu un véritable orgasme. Pour la première fois, sans doute. Il en est sûr, oui, même si elle ne l'a pas manifesté à grands cris. Leur baiser se fait effleurement, à bouches fermées. Il voudrait prononcer les mots fatidiques, les mots qui sont le cliché suprême : je t'aime. Mais il n'ose pas. Il voudrait aussi demander à Eliane si elle a eu d'autres amants, du temps de Germain, une vraie liaison en dehors des partouzes évoquées. Ils n'en ont jamais parlé. Il n'ose pas non plus, et puis ce n'est sans doute pas le moment idéal. Il voudrait rester sur elle, rester en elle, comme ça, sans bouger, pour le petit morceau de nuit qu'ils ont encore à parcourir. Mais il sait qu'il pèse trop lourdement sur Eliane, qu'il ne va pas tarder à lui faire mal. Et son sexe n'est plus qu'une flaque. Il embrasse une dernière fois le coin de sa bouche, il se soulève doucement, bascule sur le côté, passe son bras gauche sous ses épaules, referme sa main droite sur le sein gauche. Elle n'a presque pas bougé, elle a seulement posé une main sur sa taille.

Il lui dit :

— Bonne nuit.

Elle lui répond pareil. Ils s'endorment ensemble. Pour une heure ou deux, c'est effectivement une bonne nuit. Et puis, juste avant l'aube, quelque chose pénètre dans la tente et réveille Gérard.

Eliane cligne des paupières. Un filet de lumière grise venu du pan mal rabattu de la tente plonge sur son visage. Cette nuit, ils ont probablement laissé la porte à demi ouverte. Cette nuit... Eliane sourit à ce premier souvenir. Elle ne veut pas ouvrir les yeux, pas se lever, pas encore. Elle est bien. Elle s'étire dans la chaleur moite du sac de couchage, sa main va chercher à sa droite le corps endormi de Gérard. Elle ne le trouve pas. La main palpe le tissu molletonné, cousu sur un vide encore tiède. Elle ouvre les yeux. Elle tourne la tête. Elle est seule sur la couche, seule dans la tente.

Elle comprend tout de suite.

LES CERVEAUX

Accompagné par les mantras, le groupe d'appelés avance vers la base. Ils sont une bonne cinquantaine, hommes et femmes, tous âges, toutes provenances sociales confondus. Une jeune fille très maquillée, en minijupe de cuir et aux cheveux hérissés en une brosse simili punk, un homme sévère en costume noir, un jeune type à la bouille ronde et rouge et au crâne rasé, une femme proche de la cinquantaine, en tailleur chic, dont le cou s'orne d'un collier de prix, un grand bonhomme maigre que sa barbichette et ses lunettes ovales font ressembler à Trotski…

Et aussi un homme de 35 ans environ, un brun aux cheveux mi-longs, vêtu de pantalons de velours et d'un blouson de toile. Comme les autres, le jeune homme marche à enjambées mesurées, presque nonchalantes, dans le sable dont il soulève de petits nuages à la pointe de ses bottines. Ses yeux marron semblent perdus dans un rêve intérieur, sa bouche d'ordinaire serrée sur un pli maussade s'est entrouverte en un vague sourire flottant.

Les accompagnateurs en robe bleue ont cessé leur psalmodie, rebroussent déjà chemin. Les appelés, eux, continuent d'avancer. La voix est en eux, elle les pousse, elle leur ouvre la route. Ce n'est pas une voix menaçante, une voix contraignante. Ce n'est pas non plus une voix douce, ni aimable. C'est simplement une voix si puissante qu'aucun cerveau humain ne pourrait lui résister, une voix dont les arguments ne souffrent aucune contradiction. Gérard Lefrançois a été pénétré par la voix au centre de son sommeil, c'est elle qui l'a réveillé, qui l'a poussé à se lever, qui lui a indiqué le chemin, et l'endroit où le mènerait ce chemin.

Ce qu'il a appris par la voix, aussi extraordinaire que ce fût, lui a paru aussitôt naturel. Parce qu'en réalité, dès que la voix l'a touché, il est devenu une partie d'elle et de ce qui la porte. Pourquoi douterait-il de ce qu'il est ?

Il est une cellule de la Fraternité galactique. Ce ne sont là bien sûr que des termes humains imparfaits appliqués à une réalité autrement plus grandiose, autrement plus complexe. La Fraternité galactique est l'ensemble de toutes les créatures vivantes et douées de conscience du cosmos. Pas seulement celles qui vivent sur des planètes, mais aussi et surtout celles qui n'ont pour habitat que l'espace sans fin...

Cela aussi, la voix le lui a appris : une créature vivante et douée de conscience ne peut demeurer longtemps attachée misérablement au monde qui lui a donné naissance. Le but ultime de la vie est de s'arracher au berceau planétaire, de s'élancer dans l'infini de l'espace. Pour les humains de la Terre, le moment était venu. La Fraternité avait commencé à sortir les Hommes de leur berceau de glèbe. Il était temps ! Si elle avait attendu plus longtemps, les Hommes se seraient détruits, ils se seraient exterminés au berceau, au cours d'un processus inéluctable que Gérard connaît bien : la surpopulation, et ses corollaires que sont la famine, le saccage de l'environnement, la destruction irrémédiable des ressources naturelles, la guerre totale enfin, à coups de bombes nucléaires, d'armes bactériologiques et chimiques. Il n'en doute pas, n'est-ce pas ? Non, il n'en doute pas. Alors la Fraternité est intervenue. Elle a simulé dans le cerveau des hommes une guerre factice, elle a pendant huit jours enrobé leur cerveau de brouillard pour que les Etats s'effondrent et que les armées soient réduites à l'impuissance. Une simple simulation mentale. En réalité il n'y a eu ni destructions ni morts — ou juste quelques centaines de milliers de morts par accident, pas davantage que ce que les tués de la route et les victimes des petites guerres courantes auraient représenté dans le même laps de temps.

Ensuite, toujours par simulation mentale, la Fraternité s'est servie de l'infrastructure militaire, privée des armes de destruction massive, pour diriger les humains vers elle, sans heurt, sans trouble. Il comprend cela? Bien sûr, il comprend. Et mieux que cela il le ressent, tout au fond de lui, comme si cette évidence première avait de tout temps fait partie de son savoir, de sa conscience. Et n'est-ce pas la réalité? Dès lors qu'on est une cellule de la Fraternité galactique, on en possède le savoir, on en possède la conscience. Et, de ce savoir et de cette conscience, naît la certitude.

C'est plein de cette certitude que Gérard pénètre dans la base. Les murs d'étincelante lumière s'ouvrent devant lui, il marche désormais dans des coursives de lumière solide, des tubes de clarté opalescente, des veines infiniment ramifiées d'énergie pulsante. Ses yeux ne sont plus blessés, ses jambes n'ont plus aucun mal à se mouvoir. Il est ici... chez lui, oui, chez lui, puisqu'il est, maintenant et à jamais, une cellule de cet ensemble.

La cellule qui, autrefois, dans une autre vie, dans une petite enfance vagissante, s'appelait Gérard Lefrançois, s'arrête avec les autres cellules dans un espace cylindrique dont les parois translucides sont parcourues de lentes coulées rubis. Du sol, ou de ce qui aurait été appelé le sol dans le pauvre langage humain, sortent des cylindres plus petits, à la transparence d'eau verte, qui enrobent les cellules jusqu'au niveau de leurs épaules. A l'intérieur des cylindres, un liquide doré, à température corporelle, monte rapidement, jusqu'à venir affleurer les mentons. La sensation est agréable, lénifiante. L'ancien Gérard Lefrançois baisse les yeux vers son corps. Tiens ? Il ne porte plus de vêtements ! Et à travers l'épaisseur sirupeuse du liquide doré, il a l'impression de voir en transparence sous son épiderme les masses palpitantes de ses organes, le fin réseau des veines, des artères et des nerfs, l'architecture grossière de son squelette. Que toute cette biologie lui paraît pesante, tout d'un coup ! Pesante, encombrante, pour tout dire inutile, et bien laide en regard des beautés subtiles qui l'entourent...

Il ne veut plus voir cet amas disgracieux de chair et d'os qui lui sert de support. Il relève la tête. Du dôme vaporeux de l'espace cylindrique est née une floraison de lianes d'une miroitante couleur bleu turquoise. Les lianes descendent doucement vers les cellules enkystées, en se balançant, en ondoyant, en dessinant autour des visages qu'elles atteignent de lascives arabesques. Les lianes, ou les tentacules, sont garnies à leur extrémité de fibrilles pelucheuses qui viennent se poser sur les têtes. Un attouchement à peine perceptible, qui se transforme en une délicieuse caresse tridimensionnelle lorsque les fibrilles s'insèrent sous le crâne par les tempes, l'occiput, la nuque, traversent la voûte d'os, viennent enfin enrober l'encéphale d'un réseau infinitésimal.

La voix revient. Ou alors elle n'a jamais cessé de se faire entendre, mais le message inaudible qu'elle délivre fait à ce point partie de la cellule-Gérard que celui-ci ne l'écoute plus, ne la ressent plus comme une entité extérieure. La voix, c'est lui qui se parle à lui-même. Il se parle... Il s'écoute : l'essor hors du berceau planétaire ne peut bien entendu se faire sous l'approximative et fragile forme humaine. Quitter le berceau exige une métamorphose : ainsi du papillon, qui rejette sa poussive enveloppe de chenille pour s'envoler au soleil, ailes battantes. Ainsi de la cellule-Gérard, ainsi de toutes les cellules humaines. Il comprend ? Il comprend. Le corps humain n'est pas fait pour l'espace. Ce n'est qu'une enveloppe provisoire, adaptée au seul berceau. Cette enveloppe, il doit l'abandonner. Maintenant. Il accepte ? Il accepte.

Son visage enserré par les pelucheuses fibrilles turquoise s'abaisse une dernière fois sur son corps. Mais quel corps ? Au sein du liquide doré, son épiderme achève de se dissoudre. Les masses musculaires suivent, bourgeons de viande rouge qui s'étiolent et disparaissent, laissant le champ libre aux organes pour se détacher du tronc et couler avec légèreté : l'imbroglio putride et vermiforme des intestins, l'éponge gorgée du foie, l'outre stomacale gonflée d'humeurs, les sacs flétris des poumons, la rate et les reins, le cœur qui se noie sur une dernière contraction. Le sexe. Les veines à leur tour se dessèchent, avec leur trop-plein de sang caillé qui devient poudre vite dissociée par le fluide. Reste le squelette, ce façonnage maladroit, cet assemblage grotesque, cette caricature repoussante de l'ancienne enveloppe. A quoi sert-il, maintenant, puisque ce qu'il soutenait a disparu ? Et voilà que le squelette se lézarde, se fendille, se fragmente, voilà qu'il tombe pièce par pièce – pierres, plâtre, poussière, que la bouillonnante lave d'or achève de boire.

Le squelette n'est plus. Pas seulement l'ossature du buste et des membres, mais aussi les deux horreurs mal emboîtées qui servaient de carcan à son cerveau : l'hémisphère crânien et son prolongement facial, le soc de la mâchoire inférieure avec toutes ses dents, leurs plombages, leur couronnes... Il n'en a plus besoin non plus puisque, en même temps que les organes, le modelage de la face, les oreilles, la langue et les cordes vocales, les globes oculaires ont pareillement fondu. De l'être au berceau autrefois appelé Gérard Lefrançois ne subsiste plus que ce qu'en langage humain on désigne par « système nerveux central »: la double noix des encéphales, le cervelet, le bulbe rachidien, la moelle épinière. Gérard Lefrançois n'est plus que cela, un cerveau, cet étrange et gracieux hippocampe aveugle dont la queue ondule doucement dans son bain doré.

Aveugle, vraiment? En apparence seulement. Car, tout dépourvu d'yeux qu'il soit désormais, Gérard-cerveau se voit. Ou se ressent. Ou se sait (encore les imprécisions du langage humain si limitatif). Il se sait cerveau, il sait aussi que son cerveau est la seule partie de lui-même qui est digne de connaître les chemins de l'espace. La seule partie d'un homme utile à l'espace, utile à la Fraternité galactique... Son cerveau est l'une des cellules qui, unies à d'autres, va former un ensemble apte à se mouvoir dans l'infini de l'espace – un Enfant des Etoiles.

Car les structures lumineuses aperçues dans le ciel de la Terre, et dont les bases ne sont que des conglomérats, ne sont pas des objets de métal propulsés par une énergie mécanique à l'intérieur desquels se seraient trouvés des pilotes et des passagers venus des étoiles. Ce postulat, énoncé par les observateurs de « soucoupes volantes » depuis leur apparition, une quarantaine d'années auparavant, ne dénote qu'un étroit anthropomorphisme. Les structures lumineuses sont à la fois pilotes et passagers, ce sont des ensembles formés par l'osmose bioénergétique de multiples existences planétaires. Ce sont les vrais Enfants des Etoiles, les créatures de l'espace.

Quel qu'il soit, et quelles que soient les métamorphoses subies, un seul être ne peut vivre dans l'espace. Ni un seul peuple, ni une seule race. Un ensemble de races complémentaires, où chacune apporte sa spécificité, oui. Un colossal crustacé originaire des profonds océans d'une planète orbitant autour de Sirius est la carapace protectrice des créatures spatiales, leur coque indestructible. Une forme vivante venue de la constellation du Lion, dont la structure est basée sur la silice et dont le métabolisme atteint le point de fusion de l'hydrogène, est le cœur énergétique de l'ensemble. Des colonies de vers longs de plusieurs kilomètres, qui vivaient enfouis sous la croûte gelée d'une planète de l'étoile Procyon, servent à véhiculer l'énergie dans tous les points du corps multimorphe. Une sorte de méduse de la Lyre sécrète un bain protéinique nécessaire à l'alimentation, une enzyme de synthèse est produite par une créature larvaire tirée de la boue d'une gigantesque planète volcanique d'un amas sans nom.

Tous servent, tous se complètent. L'homme, lui, donne ce qu'il a de meilleur, le seul organe vraiment nécessaire à l'entité multimorphique : son cerveau. Il le sait. Il l'accepte. C'est pourquoi la Fraternité n'a gardé de lui que son cerveau, ne garde de chaque humain appelé que son cerveau. Il le sait, il l'accepte. Un cerveau humanoïde, avec ses milliards de neurones, est un fantastique outil de perception, de calcul, de synthèse. Très peu de races dans la galaxie possèdent ce genre de cerveau-là. C'est pourquoi, après quarante années d'observation, la Terre a été choisie, les humains ont été choisis. Il comprend ? susurre la voix — *sa* voix. Il comprend.

Et le cerveau hippocampe émerge du tube rempli de liquide doré, monte en apesanteur vers le dôme brumeux qui se dilue, dévoilant une structure cartilagineuse complexe, faite de milliers d'alvéoles d'un tendre rosé dont la concavité est baignée d'un liquide translucide. Le cerveau-Gérard, toujours porté par l'invisible champ, glisse vers une des alvéoles, s'y installe, tandis que la queue épinière se love à la manière d'un serpent dans le bain de liquide nourricier. Aussitôt, la paroi de l'alvéole se hérisse d'une fourrure crépitante dont chaque poil a moins d'un micron d'épaisseur. Les poils recouvrent le cerveau-Gérard, s'y incrustent : il est connecté.

Le cerveau-Gérard fait véritablement partie de l'ensemble bioénergétique, maintenant : il a intégré sa place au sein du polymorphe, il est un Enfant des Etoiles. Ou, plus exactement, son cerveau. Ou, plus exactement encore, une partie de son cerveau, un des neurones géants qui composent le cerveau de la créature en train de naître. Car un seul cerveau humain ne suffirait bien entendu pas pour constituer l'intelligence surévoluée d'une créature spatiale, ne suffirait pas à intégrer et à décrypter les données infiniment complexes nécessaires à la vie dans l'espace. Pour jouer avec les corridors du vide et du temps, pour jongler avec les trous noirs et les tempêtes stellaires, pour domestiquer les radiations cosmiques et casser les lois de la gravitation universelle, un Enfant des Etoiles a besoin d'un super-cerveau formé d'environ 50 000 cerveaux humanoïdes... En négligeant les vieillards à l'encéphale appauvri, les trop jeunes enfants et les malades, la Terre en son état actuel ne peut guère fournir plus de deux milliards de cerveaux en parfait état. Il les faut tous, sans compter le sérail indispensable qui produira de nouveaux enfants, et de nouveaux cerveaux neufs, pour plus tard. Il comprend tout cela ? Il comprend ! Il accepte ! Il sait, il a toujours su !

Baignant dans son jus protéinique, le cerveau-Gérard sent affluer dans ses neurones les torrents d'énergie provenant de l'interconnexion de tous les cerveaux-frères, de toutes ces cellules en activité dont il n'est qu'une unité. Des messages lui parviennent, des images fragmentaires s'échappant encore de la mémoire chimique de ceux et celles qui furent autrefois des hommes, des femmes : une toute jeune fille aux cheveux hérissés, un homme en noir, une femme de la bourgeoisie, un type maigre qui ressemblait à Trotski, un ingénieur atomiste, un charmant vieux pédé, un chef de chantier hâbleur... Mais ce ne sont là que derniers parasites au jaillissement anarchique, ultimes cris d'individualités qui se fondent dans le collectif, qui se perdent pour se retrouver Un, pour naître Enfant des Etoiles.

Le cerveau-Gérard exsude encore quelques images-souvenirs. Quelques regrets ? Il ne marchera plus jamais dans la caillasse au matin d'un dimanche d'été, il ne sentira plus le vent fouetter son visage et faire voler ses cheveux, il ne connaîtra plus la brûlure douce d'une gorgée de bon vin, il ne se couchera plus sur le ventre tiède d'une femme, d'une Béatrice, d'une Eliane... Quelques regrets, vraiment ? Des regrets ? murmure la voix une dernière fois. Mais non. Mais non : les dernières images, les derniers souvenirs s'estompent. Des souvenirs qui sont bien peu de choses en regard de son nouvel état, de ses nouvelles fonctions, de ses toutes neuves possibilités : il est le cerveau d'un Enfant des Etoiles, il va aller là où nul humain attaché à son berceau n'est jamais allé, il va connaître des sensations indescriptibles, écouter de fabuleuses musiques célestes, voir des couleurs jamais vues, se frotter aux radiations, plonger dans les puits de gravité, jaillir à la surface de la Voie Lactée en bousculant l'écume des étoiles, se remplir du parfum enivrant des galaxies qui meurent et des univers qui naissent. Il est un Enfant des Etoiles !

Il est un Enfant des Etoiles, il sent désormais son gigantesque corps vivre autour de lui, l'exosquelette du crustacé de Sirius craquer en vérifiant ses tensions, l'estomac siliceux de l'incroyable créature du Lion atteindre en grondant son point de fusion, les colonies de méduses lyriennes déverser à travers le corps fusiforme des vers de Procyon la manne nourricière. L'Enfant des Étoiles vibre. Il est prêt à s'arracher à sa matrice, il est prêt à gagner, enfin complet, sa patrie véritable : les étoiles.

La fantastique poussée du four biologique passe à travers le cerveau-Gérard comme un vent cosmique. Le cerveau-Gérard ? Il n'y a plus de Gérard. Seulement une cellule du cerveau collectif, qui déjà s'active à intégrer les données multiples de l'envol, à calculer la future route vers l'infini.

L'Enfant des Etoiles se soulève.

Il n'y a plus de cerveau-Gérard. Mais ce qui reste de conscience en lui est heureux.

Au-dessus de la base des Visiteurs, une barre étincelante se détache, se soulève, rompt ses dernières amarres de brume scintillante. La règle de lumière accélère son mouvement ascendant, s'incurve en ovale de pâle étain à la circonférence qui tremblote : un nouveau vaisseau vient de prendre son envol.

Sur la plage, ils sont des milliers d'hommes et de femmes à assister au processus, des milliers qui suivent du regard le cercle lumineux, jusqu'à l'instant où le doux ciel d'automne referme ses brumes sur lui.

Au nombre des curieux, une femme blonde aux yeux embués continue de fixer le même point du ciel longtemps après la disparition du vaisseau. Sa main droite appuie machinalement sur son ventre. Ses ovaires lui font mal. Elle en est à peu près sûre, maintenant : elle est enceinte.

La voix qui était venue la chercher à son tour, plus tôt dans la journée, l'a su avant elle et l'a abandonnée. Eliane fait partie du sérail, de la réserve. Elle va pouvoir faire naître son enfant, l'élever. Pour un temps, elle est libre.

Bientôt, les portes du camp s'ouvrent devant elle.

DÉJA PARUS DANS LA MÊME COLLECTION

1690. *Les enfants du silence*
(L'ère du pyroson-2) — Claude Ecken
1691. *Le septième cycle*
(Bêta IV Hydri-3) — Bertrand Passegué
1692. *Brebis galeuses* — Kurt Steiner
1693. *Enfer et purgatoire* — Michel Honaker
1694. *A la recherche de Faërie*
(Les Voleurs de Rêves - 3) — Jean-Marc Ligny
1695. *Un navire ancré dans le ciel* — Roland C. Wagner
1696. *Dernière tempête* — Philippe Guy
1697. *Yriel* — Robert Alexandre
1698. *La septième saison* — Pierre Pelot
1699. *Les pierres de sang (Service de surveillance des planètes primitives)* — Jean-Pierre Garen
1700. *Egregore* — Piet Legay
1701. *Cette chose qui vivait sur Véra* — Louis Thirion
1702. *La mort marchait dans les rues*
(Les derniers jours de mai - 2) — Roland C. Wagner
1703. *Fleur* — Patrick Lachèze
1704. *Lazaret 3*
(La grande séparation - 3) — G.-J. Arnaud
1705. *Dal Refa'I*
(Pangée - 1) — Alain Paris
1706. *Labyrinthe de la nuit*
(Les voleurs de rêves - 4) — Jean-Marc Ligny
1707. *La forteresse éternelle*
(Bêta IV Hydri - 4) — Bertrand Passegué

1708. *Top niveau* — J.-C. Lamart

1709. *Tchernobagne* — Gérard Delteil

1710. *La mort en billes* — Gilles Thomas

1711. *Joal ban Kluane (Pangée - 2)* — Alain Paris

1712. *Le roi de fer (Service de Surveillance des Panètes Primitives)* — Jean-Pierre Garen

1713. *Terminus l'enfer - 1999 -* — Gérard Néry

1714. *L'androïde livide de l'astéroïde morbide* — Max Anthony

1715. *Le rire du clone* — Piet Legay

1716. *Le rescapé de la terre* — P.-J. Herault

1717. *Sassar (Pangée - 3)* — Alain Paris

1718. *Le lévrier de Varik (les Chroniques de Vonia - 1)* — Hugues Douriaux

1719. *Hypnos et Psyché (Les Voleurs de Rêves - 5)* — Jean-Marc Ligny

1720. *Le grand hiver (Bêta IV Hydri - 5)* — Bertrand Passegué

1721. *La planète Jaja* — Daniel Walther

1722. *Les bâtisseurs du monde* — P.-J. Hérault

1723. *Bronx Ceremonial (Le Commandeur - 1)* — Michel Honaker

1724. *Les noyés du fleuve Amour - 1999 -* — Gérard Nery

1725. *Désirs cruels* — Michel Pagel

1726. *O Gamesh, prince des ténèbres* — Piet Legay

1727. *L'autre Cécile* — Claude Ecken

1728. *Les ratés* — Gilles Thomas

1729. *La chute des dieux (Service de surveillance des Planètes Primitives)* — J.-P. Garen

1730. *La soie rouge de Xanta (Les chroniques de Vonia – 2)* — Hugues Douriaux

1731. *Traqueur d'illusions (Les voleurs de Rêves – 6)* — Jean-Marc Ligny

1732. *Le présent fou (Les raconteurs de nulle part – 1)* — Pierre Pelot

1733. *Les psychopompes de Klash* — Red Deff

1734. *Ysée-A* — Louis Thirion

1735. *The verb of life (Le Commandeur – 2)* — Michel Honaker

1736. *Scorpions – 1999 –* — Gérard Nery

1737. *Les forains du bord du gouffre (Les Raconteurs de nulle part – 2)* — Pierre Pelot

1738. *La loi majeure* — Don Herial

1739. *Les ailes tranchées (L'Oiseau de Foudre – 1)* — Félix Chapel

1740. *Zoomby* — Vinvent Gallaix

Achevé d'imprimer en février 1990
sur les Presses de Cox and Wyman Ltd (Angleterre)

Dépôt légal : mars 1990.